オヤジの穴

ロッキング・オン

目次

第一の穴　お台場――彼岸の観覧装置

メガウェブ／お台場海浜公園／フジテレビ球体展望室／大観覧車
1999年7月

ひところ〝新人類〟などと呼ばれていた僕も、もはや大厄を過ぎた43歳の中年となった。世間でいうところのいわゆる〝オヤジ〟の領域である。このところ、古びた海鼠壁《なまこかべ》の町家が残る城下町を訪ね歩いたりする仕事に安らぎをおぼえるようになってきた。しかし、そんな〈サライ〉的なぬるま湯に浸ってばかりいてはいかん！と思いたった。ロケンロール魂の入ったこの〝新オヤジ誌〟においては、敢えて近頃の「トレンド的スポット」へ乗りこんで、43の僕の目で見た率直な感想、分析など……を展開しようと考えた。タイトルの〈オヤジの穴〉とは――

『タイガーマスク』の過酷なレスラー養成機関〝虎の穴〟にヒントを得たものであり、いわば、若ぇもんのハヤリのスポット（や情報）にも対応できるタフなオヤジを養成していく、といった大それた意が込められている（穴にハマりこんだオヤジ、というオチもあり）。

絵師として、僕よりもちょっと年下の熟女マンガ家・松苗あけみ氏に常に同行してもらって、挿画をいただくことになった。第一回目は〝愛の観覧車〟で話題の「お台場」を検証する。

取材日・99年7月25日。東京は梅雨明け直後のドピーカンの日曜日である。ロッキング・オン社調達のロケバスに、僕、松苗夫妻（ダンナさんがマネージャー役）、担当編集者のTと、なんと編集長（社長）のS氏まで——の総勢5名が乗りこんで一路お台場地区をめざす。さほどの渋滞もなくレインボーブリッジをすんなりと渡り、まずは青海・パレットタウン一画の「メガウェブ」へ入館する。

ここはトヨタ自動車が主催するスペースで、フロアーにはトヨタ車がずらりと陳列されている。つまりあくまでここは車を宣伝するための〝ショールーム〟であり、その呼びものとして、いくつかのアトラクションが設けられている。E（電気）カーに乗って、館の周縁のコースをぐるりと巡回したり……なんて装置もあるが、大方はゲーセンのドライブゲームに毛が生えたようなレベルのものだ。実はそのほとんどを僕は以前に試してしまっている。一つだけ、当時まだ完成していなかった〈フューチャーワールド・エクスペリエンス〉というのがある。こいつは、工事中の頃から〝クルマ版のスペース・マウンテン〟などと囁かれていた、噂の大物なのだ。パレットタウンの東隅に、筒状のドームが建っているのだが、僕はそのドームを頂きから底のほうへと激しく駆け降りる——といった装置をイメージしていた。

4人乗りの未来カーっぽいマシンに乗りこむと、前方の闇の底へと軌道が続いている。ここまでは良かったのだが、目の前のスクリーンに〝3D映像〟が現われたときにイヤな予感が走った。いわゆる「スター・ツアーズ」式のバーチャル映像の街のなかを滑走する（気分を味わう）という代物で、時間も短ければ、精度も大したことはない。と、「トラブル発生！」などというお約束の演出があって、ここでようやくマシンは急勾配の軌道を走り出すのだが、アッ！と一度叫ぶ間もなくゴールへ着いてしまった。

物語的に〝トラブル発生〟の意味もよくわからない。これでは、ガキの頃から「スター・ツアーズ」や「ディズニーランド」で慣れた若者は満足しないであろう。僕はふと、昔、神社の祭りなんかに来ていた、インチキな見世物小屋を想い出した。「世にも奇怪なヘビ少女！」なんて呼び文句に誘われて幕張りの小屋のなかに入ると、出口の間際でウロコ柄のタイツみたいなもんを着せられた少女（ならぬオバサン）が、ちょこっとだけ姿を見せる。ここでは最初に出てきてアトラクションの凄味をまくしたてる〝CGキャラクターの男〟が、見世物小屋の呼びこみのオッチャンの役割を果している。デジタルな虚仮威《こけおど》し——とでも申しましょうか……。

メガウェブの館内には、他に〈ヒストリー・ガレージ〉という、往年の名車を展示したスペースがある。新横浜のラーメン博物館風に〝過去の街並〟（ここでは50年代のルート66沿いの街、といった感じ）を書き割りや小道具で作り上げ、細かいことをいえば50年代のルート66にパプリカやスカG（日本車）がある——といったズレは気になるものの、それなりのタイムスリップ感は味わえる。

途中のショッピングスペースに「ルームズ・トゥ・ゴー」（一部屋の家具をセットにして売る、というアメリカの家具屋）が入っていたので覗いてみた。20歳くらいの若いカップル客で盛況である。が、20万、30万の値札をつけたベッドやソファーは彼らが買うべきモノではない。そこらかしこのソファーやベッドは、番《つがい》たちの陣地と化して、家具屋というより、ここは一種の〝明るい同伴喫茶〟と呼ぶべき環境になっていた。

アトラクションのレベルは大したことないが、こういったなんとなくのテーマパークを作って、若い客に〝ヴィッツ〟などの商品をそれとなく売りこむ——トヨタ一人勝ちの余裕のようなものを感じさせるスペースではあった。

さて僕らは一旦パレットタウンを出て、遊歩道を「お台場海浜公園」へ向かって歩いた。ちなみにここでは、埋立地の一帯を「お台場」と呼んでいるが、行政区域的にはパレットタウンのある所は「江東区青海」、湾岸高速の北側、フジテレビや日航ホテルの一帯は「港区台場」、そして西端の潮風公園や船の博物館は「品川区東八潮」と、狭い所を三区が分け合っているのだ。個人的には「あれほどトレンドのコマ持ってる港区がここまで割りこむことねーだろ！江東にやっちまえよ！」などと思うが、これは埋め立て以前からの湾内の区割りに概ね基づくものだから、いたしかたない。

また、もっと古い話をすれば、台場の島はもともとペリーの黒船来航にビビッた江戸幕府が、砲台を設置するために高輪あたりの台地の土を削って、突貫で築き上げたものである。ペリーが来なければ、こういったスポットは存在しなかった——という見方もできる。

海浜公園前（シーリア）に建ち並ぶ〝オープンカフェ〟で一服する。いまや、京成押上線の町でも見られるようになった、この種のスタイルの店も、東京（日本）でのブームの発端はココだろう。店前のオープンデッキでカフェラッテやブルスケッタなどを飲み食いしているカップルを観賞していると、悔しいけれど、横並びで会話をしている〝型〟がフランス人のように様になっている。

　海浜公園を浜づたいに歩いた。そろそろ薄暮の色に染まりはじめた、海越しの都心ビル街の景色が美しい。白いレインボーブリッジがいいアクセントになっている。僕らのなかで最も年長のS氏が「チクショー、オレたちの頃はこういう場所がなかったんだよぉ！」と、コブシを握りしめて叫んだ。

　フジテレビに入って、球体展望室に上った。この丹下健三設計による建物は、確かにお台場を象徴する一つのランドマークにはなっているが、左右を壁や支柱にさえぎられて、展望台としての機能はいま一つである。但し、この建物はよく考えれば一民間企業（グループ）のオフィスビルなわけで、そんな場所を観光地として、ビルの一パーツである球体をキャラ化して「球体くん人形焼」なんてもんまで売り出しているフジテレビの商魂には感心した。

　夕食を取って時間を潰し、ようやく日が暮れてきた。さていよいよ、本日のメインイベントである、〝夜の大観覧車〟に乗車する。

　パレットタウンに向かって歩いていくと、観覧車は赤や緑、紫……と小刻みにライトアップの色彩を変えて、不覚にも見とれてしまう。乗り場の前から長蛇の行列が伸びて「一時間半待

ち」の表示が出ていた。僕は以前、平日の昼前に乗ったことがあるのだが、そのときはまるで待つことなく簡単に乗れてしまい、それはそれで味気なかった。やはりこういったもんは、行列の過程を経て乗らなくては気分が出ない。

しかしそれにしても、この行列の成分はおよそ九割五分、20歳前後のカップルによって形成されている——といって過言でない。V6の誰かと加藤あい、みたいなペアとか、マツモトキヨシのCMに出てくるカップルみたいなのとか、そういうのがS字結腸状の列の所々で早くもいちゃついている。馴れ合ったカップルはともかく、なかには〝初デート〟をコレに賭けてきた組もいるに違いない。一時間半の乗車待ちの間に女の子をしらけさせてはならぬと、そこらかしこからリキの入った男のネタ話が聞こえてくる。前方でゆっくりと回転している観覧車が、彼らにとっては目前に迫ったラブホテルのような存在なのだ。

観覧車は一機あたり6名まで乗車できる、というつくりになっているようだが、当然、相乗りをするようなカップルはいない。異彩を放った僕ら5名のグループも、松苗夫妻の組と、残りの男3人とに分かれて乗車することになった。

目前で観覧車に乗りこんでいくカップルをチェックしていると、①向かい合い型、②横並び型、③いきなり型、と、その親交の度合によって大方3タイプに分類される。乗車待ちの間に結局二人の距離が縮められなかった組は、よそよそしくお互い向かい合った席につき、勝負は密室に入ってから……ということになる。「いきなり」というのは、乗車前にすでに機は熟しきって、扉を開けて入るなり二人の影は一つに溶け合っている。なかには、車窓の底のほうに潜り込んで、外から身元が確認できない組もいた。

僕とS氏とT氏を乗せた、男臭い観覧車もゆっくりと東京上空へと昇りはじめた。Tはヒョロッとした長身、オカッパ髪にメガネをあてた、わかりやすくいえばオタク系の風体をした青年だ。そんな男が一応〝取材〟という名目で、傍らのカップルたちの密室に向けてカメラを構えたりしている。標的にされたカップルは、相当気味が悪かったに違いない（オカマの3人組、などと思われていた可能性もある）。

乗車時間は16分であったが、このお台場上空から眺望した東京の夜景（最頂部・地上115メー

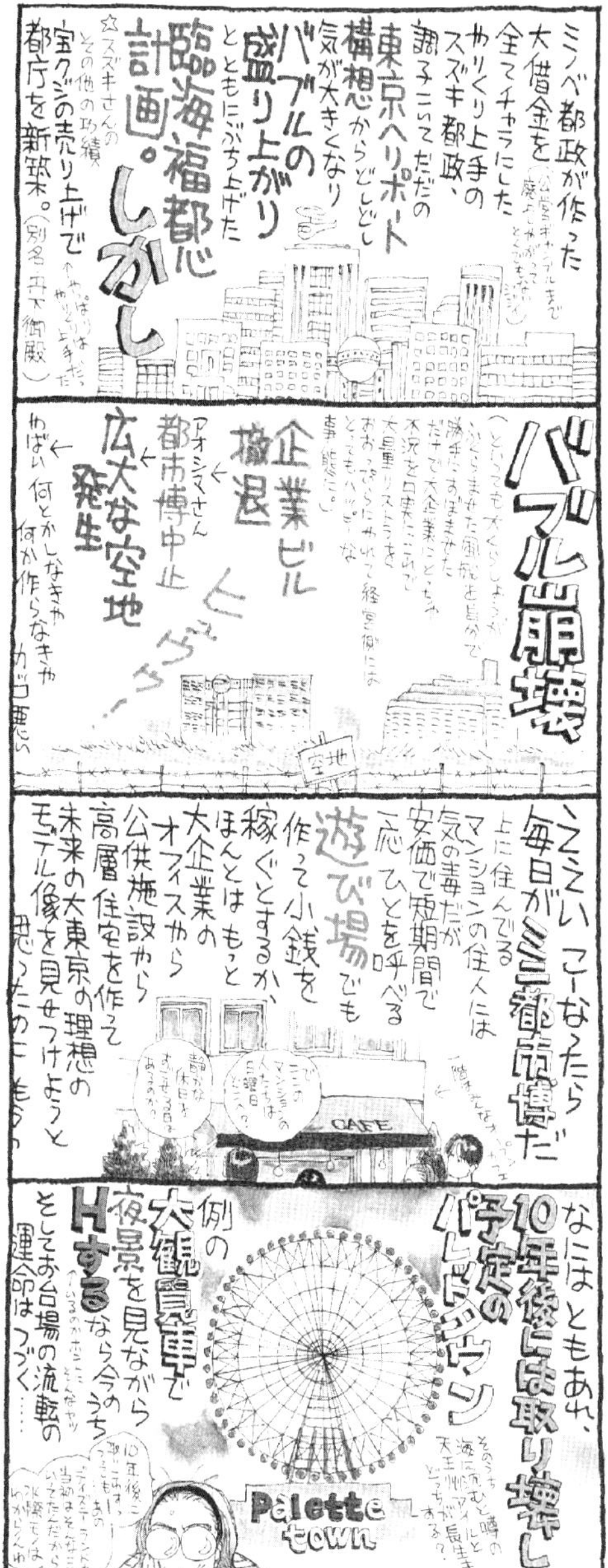

トル)は、確かにグッとくるものがあった。運良く8時半の頃に最頂部に達して、彼方の浦安・舞浜の上空にディズニーランドの花火を眺めることもできた。

「チクショー、いいなぁ……。東京の夜景ってきれいだなあ……」

ここでも48歳のS氏が、意外なギャル性を発揮して、うっとりとした目で感嘆の声をあげていた。


お台場という土地の上空から、東京タワーを中心にした都心部の夜景を眺めていると、なんというか〝彼岸の地〟から現世の都市を俯瞰しているような不思議な心地になる。大袈裟にいえば〝幽体離脱〟のような感覚だ。

帰路、レインボーブリッジの上から、遠ざかる埋立島を振り返ると、闇のなかに大観覧車の巨大な円形模様が浮かびあがっていた。あの円周上の無数の密室のなかで、若い男女が愛を囁きあっている、というわけである。

あそこを〝彼岸〟と考えると、何かいかにもこの終末感漂う時代の性地としてふさわしい装置——という気がしてきた。そして、未来都市じみた無機的な建物ばかりが並ぶその地区のなかで、結局人は20世紀初頭からのああいったアナログ的な形状をした装置に、「癒される」という感情を抱くものなのかもしれない。

とはいえ四十路に入ったオヤジとしては、一刻も早くレインボーブリッジを渡って、新橋烏森あたりの居酒屋で、ギョウザで一杯やりながら癒されたい——などと考えたことは、言うまでもない。

その後の穴1　お台場

大観覧車の行列はすっかり消えた

今や東京の観光名所として、若者のみならずお茶の間レベルに浸透した感のあるお台場。99年の連載当時は交通の不便もあってロケバスで行っているが、02年にりんかい線が大崎まで延長されて行き方の選択肢が増え、とても便利になった。

再訪したのは晴れた平日だったが、20人くらいの中国人ツアー客がガイドの解説を神妙に聞きながら歩いていたり、母娘らしき二人組が楽しそうに買い物していたり、となかなかのにぎわいである。しかし、ちょっと散策してみると水面下では静かに新陳代謝が進んでいた。もちろん大観覧車は健在だが、休日夜に出かけても１時間待ちの行列なんてことはなくなった。そういうデート・スポットとしての旬はもう終わったのだろう。〝虚仮威し〟の「フューチャーワールド・エクスペリエンス」や〝同伴喫茶〟の「ルームズ・トゥ・ゴー」も、もはや存在しない。トレンドスポットであり続けるのは、やっぱり大変なことなのである。

ちなみに「フューチャーワールド・エクスペリエンス」は「ユニバーサル・デザイン・ショウケース」というトヨタの展示場になり、「ルームズ・トゥ・ゴー」は代わりにマルイ系列の「in the Room」という〝ちょっとオシャレ〟な若者向けインテリア・ショップになった。が、その「in the Room」も2005年の５月に閉店してしまった。トヨタの展示場は以前のアミューズメント・パーク的発想から大幅に路線変更したお勉強施設で、車を使う人の多様性に合わせたデザインの工夫を体験できる。座りづらい椅子に座ってみて、なぜこの椅子は座りづらいのか、と使いやすいデザインを作り出すための思考法から懇切丁寧に教えてくれる。キッズ・スペースやベビー・ルームも完備しており、なんとなくエコでヒューマンな雰囲気作りに乗せられて、ついついこちらも気持ちが和んでしまう。そして奥に待ち受けるのは、広々としたトヨタ車展示ゾーン。 さすが天下のトヨタ、侮れない。　(編集部)

５年後も繁盛してる予想確率　**70** %

第二の穴　いまどき話題のグルメ店観光

NOBU TOKYO@南青山
1999年11月

今回はいわゆる〝グルメ系〟の取材である。僕は、どちらかというと、そういった方面に明るい人間――と思われているようなところがあるのだが、実際大したことはない。とはいえ、グルメについて語るとき、多くの日本人は「グルメじゃない」と前置きしてから語るのが、一種のお約束みたくなっているわけで、ま、その辺はどっちでもいいが。

しかし最近は、とりわけ「トレンド」として取りあげられている類いのグルメな店に、足を運ぶことが少なくなった。カレーとかカツ丼とかの、B級グルメの掘り出し物を見つける作業にはけっこうエネルギーを費やすのだが、知人と会食するような店のほうは、イタリアンならココ、中華ならアソコ……と、大方〝グリーンナップ〟が固まってきてしまった。このまま贔屓《ひいき》の何店かで愉しく飲食しつつ余生を全うする、というのでも別にいいのだけれど、やはり、時折小耳にはさむ華やいだトレンド店の情報は、ちょっと気になる。

というわけで、今回は数ある「いまどきのグルメ店」のなかでも、何かと話題にあがる、南青山の「ＮＯＢＵ　ＴＯＫＹＯ」という店で、ディナーを試すことになった。

場所は駒沢通りが六本木通りに突き当たったあたり。表通りに〈ＮＯＢＵ〉の看板が見えるが、玄関は横手の路地に入った所にある。

玄関先にタキシードを着た黒人の男が立っている。この勿体つけたアプローチは、もう少し渋谷寄りのほうにいった、南青山の似たような邸宅街の一画にあった「ザ　ハウス　オブ　１９９９」という店を想い出すが、あの洋館造りのレストランはまだ存在するのだろうか……。

欧米式に受付でアポの名前を確認し、ダイニングから仕切られたウェーティング・バーへと導かれた。照明を落としたサロン風の、おちついた空間である。先に到着した松苗夫妻は、すでに食前酒を愉しんでいる。「とりあえずビール」という環境でもないので、僕は「シャンパン・カクテル」というのをオーダーしてみた。シャンパンのグラスの底に、焦げ目をつけた角砂糖が沈んでいる——という代物。

遅れている編集Tを待つ間、トイレに立つと、小便器は〝ALLIA　PARIS〟とクレジットされた、おそらくフランス製のもので、脚が妙に高い。届くか、と心配しつつトライしてみたが、こういうドキドキ感も異国情緒が醸し出されて、ちょっとうれしい。

Tが到着し、僕らは広いメインダイニングとガラス戸で隔離された、サンルームのような席に案内された。この一角は夏場、天窓を開けて〝半オープンエアー〟のスペースになるらしい。こちらにはテーブルが3、4卓しかなくて、「VIP席」のようにも思えたが、尋ねてみると、ここは単なる「喫煙席」のようだ。

ところで、このレストラン「NOBU」の店名は、総料理長・松久信幸氏の名前に由来する。氏は、東京の寿司店（新宿・松栄寿司）で修業した後、25歳にして単身ペルーに渡り、ロサンゼルスに開業した日本食レストラン・マツヒサ（1987年）がハリウッドのスターたちの溜まり場となって脚光を浴びる。なかでも贔屓客だったロバート・デ・ニーロの誘いで、94年、ニューヨークに店を出し、『ニューヨーク・タイムズ』紙において〝世界のレストラン10〟に選出された——。

とまぁ、これは後からインターネットなどで調べた経歴ではあるが、つまり、〝逆輸入ヴァージョン〟の人気レストランなのである。
ロビーには、ロバート・デ・ニーロとノブ氏との2ショットをオサえた写真パネルやデ・ニーロの新作映画のポスターが飾られ、メニューを開くと「デ・ニーロのお気に入り　ブラックファドの味噌焼き」なんて料理もあった。この〝デ・ニーロお気に入り〟の料理もちょっと味わってみたかったのだが、僕らが頼んだコースメニューには残念ながら含まれていない。

これまでの説明で大方お察しのことだろうが、料理はフランス料理的な仕事などを施した〝ヌーヴェルキュイジーヌ和食〟といったスタイルのものである。ドリンクのメニューには、日本酒の銘柄も並んでいるが、店内を眺めると、各テーブルにはワインのボトルが目につく。名前は忘れたが、僕らもカリフォルニア産の白と赤を一本ずつとった。発端がロサンゼルスということもあって、ワインはカリフォルニア・ナパ産のものが主流らしい。

さて、用意されたコースメニューだが、一万円、一万五千円、二万円、と3クラスある。いまどき、下限が一万円コース、というのは相当強気な設定である。カネを払うTの顔色を窺いつつ、結局、二万円②、一万五千円①、一万円①——という編成にまとまった。

コースの下限一万円、という強気の店とはいえ、ガラス越しに見える広いダイニングスペースのテーブル（10卓以上はあるだろう）は、ほぼ満席である。勝負の賭かったカップル風、の組が二つ三つと、あとは白髪頭の幹部クラスを筆頭にした会社員のグループ……といったところが目につく。そういうグループの女性は、案の定、「見るからにオヤジ転がしに長けたような美形」が揃っている。カネを払う白髪男と転がし女がうちとけていて、若い男社員は隅のほうで、3時台のワイドショーの男性局アナのような感じで、控えめにニヒニヒ笑っている――というのが、定形の構図である。

雑誌でいえば『BRIO』とか『ヴァンサンカン』『CLASSY』……といった、いわば真性コンサバな空気漂う店内で、やはり僕らのテーブルは浮き上がっている。松苗女史はいつもより力《リキ》の入った感じのワンピース姿、男性陣も一応ジャケットは着用してきたものの、シャキッとネクタイを締めている者はいない。

そして、僕は一応仕事上、「小便器はALLIA　PARIS製」とか、「生ガキはタスマニア産」なんていったことを、時折やってくるギャルソンの目を盗みつつ、ノートにメモったりしている。取材のアポをとって、やってきたわけではないけれど、ギャルソンたちの目には、なんとなく「浮いた者」「あやしいグループ」と映っているに違いない。

そんななかで、ロックオタクのTのケータイが鳴った。♪ティロリロティロリロ……。着メロはキング・クリムゾンの〝グレート・ディシーバー〟。自ら打ちこんで制作した〝自慢の音〟らしい。高円寺あたりの居酒屋ならともかく、キング・クリムゾンの着メロがこれほど似合わない環境もないだろう。

次々と運ばれてくる料理は、ナマコ、カキ、ヒラメ、カツオ、マツタケ……といった、高級な和食屋で出てくるようなネタを、バルサミコ酢で和えたり、ゼリー状に固めてクリーム系のソースとコラボレートさせたり、アメリカ人好みのアレンジが施されているものが多い。こういった創作系の和食の店で、「料理の鉄人」にハマったようなシェフに、まるで素材とソースが噛み合っていないアナーキーな料理を出されることがたまにあるけれど、ノブ氏の料理はさすがにどれも巧くできている。見た目で「ヤバイかな……」(従来のマズイの意)と思うものも、食べてみると確かにおいしい。

だが、オーソドックスな和食屋の肴に馴染んできたニッポンの四十男には、「コイツはそのままシンプルにワサビ醬油で食わしてくれ」と、言いたくなるようなものもいくつかあった。ネタのなかでも、とりわけ中盤あたりからは、マグロのトロ、ウニ、イクラ、といったアメリカ人好みの〝高カロリー御三家〟が大活躍、となる。

「低カロリーの日本食はダイエットにいい」と、向こうで評判になったそうだが、コレはどう考えてもヘルシー志向のネタではない。そしてノブの料理の見所は、そういう高級珍味によって、3つのコースの〝格付け〟がくっきりなされている点、である。

湯葉皮でウニやイクラを巻いた、巻ズシ風の肴が出てくるのだが、3コースによって円型の皮のなかの具が次のように異なる。

●一万円→イクラ

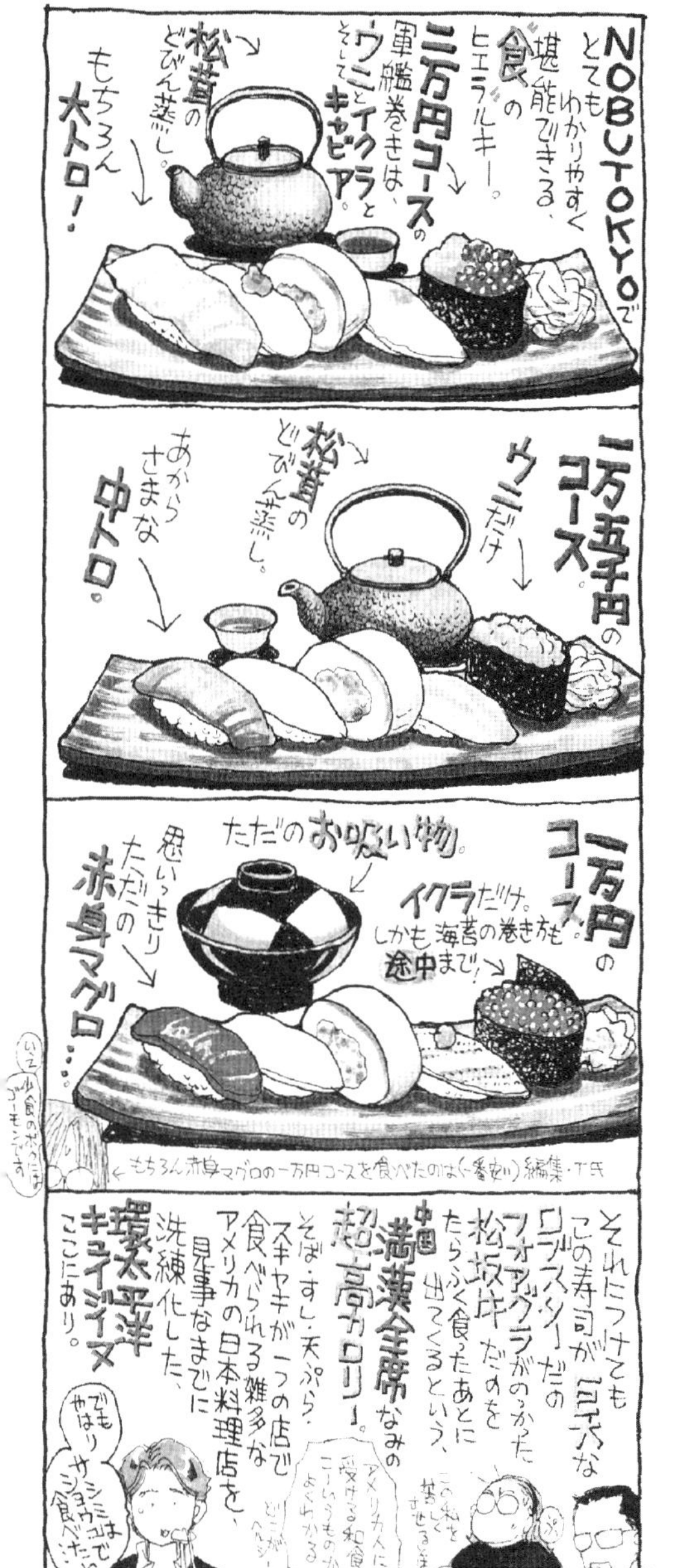

●一万五千円→ウニ
●二万円→左半分・ウニ、右半分・イクラ、中央の直径線上にキャビアがのる。
数学の図形のように、実にわかりやすく区分されている。

刺身ネタでは、二万円→大トロ、一万五千円→中トロ、一万円→赤身マグロ。メインの肉料理では、二万円→神戸牛サーロイン上にフォアグラ、一万五千円→ただの神戸牛ステーキ、そして一万円コースでは神戸牛は食わしてもらえず、何かの魚をアレンジした料理、であった。

確かに、純和風の割烹のコースでも、天プラのネタや品数で差をつける、といったことはあるけれど、これほどリアルな格付け、というのは初めて見た。

課長になって初めて個室を与えられ、部長、役員、と偉くなっていくにつれて部屋が段階的に広くなっていく——アメリカのわかりやすいオフィスの光景を、ふと重ね合わせた。

コースが上になるほど「高いもんを食っている」という充足感は味わえるけれど、健康を考えれば、一万円のコースが一番いい。

とはいえ、「ヘルシーな日本食だって、大トロや神戸牛の霜降り食ってたらダメなんすよ」ってことに、ニューヨーカーたちが気づくには、まだ時間が要ることだろう。禁煙に気を遣いつつも〝ミレニアムのカウントダウン〟を待ちながらジントニックをガバガバ飲み、オゾン層破

壊による紫外線の増加を憂いつつ、ビーチリゾートに行けば結局コパトーン塗って白い肌をガンガン焼いている——ガマンが利かないアメリカン気質が、見事に反映された日本食レストランであった。

そんなアメリカ人の嗜好のツボを突いた、ノブ氏の料理術はさすがだと思うが、このスタイルを日本人客を相手に長くもたせていくのは、簡単なことではないだろう。「トレンド」の酔いが消えると、このヘヴィーな日本料理はちょっときつい。

僕らが最後のデザートを味わっている頃、隣のテーブルのカップル客が、食事を終えて席を立った。男好きしそうな風体の女が、ちょっと年上風のモテそうにない小太り男に礼を言っている。「またいつか、よろしくお願いしま〜す」。聞き耳の感じでは、食事中さほど会話は盛りあがっていなかったから、おそらく女にとって、三番手、四番手くらいの金づる男、と推察される。女の馴れた調子の「よろしくお願いしま〜す」と、その瞬間の、ちょっと切なそうな男の顔が印象的だった。

この御時世、ああいった〝バブルの残党〟のような男が、いつまで生き永らえるのだろうか……。ただ、現時点で盛況なこの店の光景を眺める限り、「もしや景気は本当に上向いてきているのかも……」。ひととき、華やいだ気分になれることだけは確か、である。

その後の穴2　NOBU TOKYO

なんと親会社が倒産！しかし……

2004年５月に親会社のソーホーズが民事再生法の適用を申請、つまりは倒産してしまったNOBU TOKYO。ところが閉鎖の憂き目は免れて、実は現在も立派に営業中である。多くのレストランがトレンドが去ると同時に泡沫のように消えてしまうなか、独自の高級アメリカン和食で６年以上も闘ってきたことは尊敬に値するのではないか。ランチを食べつつ、その秘訣を探ってきた。

平日午後１時過ぎ、駐車場には車が２台（１台は外車）。アメリカ式の素っ気ない倉庫のような外観は相変わらずで、エントランス前に置かれた３つの日本酒樽は色あせて、その風化っぷりが過ぎ去った年月を物語っている。受付はタートルネックに黒スーツのケン・ワタナベ風の日本人男性である。人件費の削減か、ランチタイムだからか、タキシードの黒人男性は見当たらない。荷物を預けて店内に入ると、平坦なダイニング・フロアにＯＬ風の女性グループと30代後半のカップルなど、４〜５組の先客がいた。巨大なピンクのバラ柄のソファと壁面で統一された空間のデザインはやっぱり非常に大味。テーブルにはファミレスで見るような小型スタンドでNOBU氏の著書の宣伝が配置されている。こういう野暮ったさをこの場所でよく６年も貫いてきたな、と逆に感心する。

注文は「魚介類のワサビペッパー丼」3300円にした。「天丼」や「神戸牛丼」など、ランチ用の丼メニューが８〜10種類あるのだが、安くて2800円、という強気の価格設定は相変わらず衝撃的だ。ただし、味はさすがの一言。丼と言いながらも大きな丸皿に「ぶっかけ飯」のように盛り付けられた具と白米にワサビ醤油風のたれが絶妙に絡んで、うまい。白米の硬さや具のバランスなど、大雑把に見えて隅々まで気を使っている味である。まあ価格は高いが、確かに他の店で絶対に食べられない味がここにはある。それが結局生き残った理由かも？

（編集部）

５年後も繁盛してる予想確率　50　％

第三の穴
丸の内 寡黙なランチタイムの風景

MARUNOUCHI CAFE@丸の内
2000年2月

丸の内が〝オシャレ・ストリート〟に変貌しつつある――なんてニュースを、昨年の秋口の頃からよく耳にするようになった。クリスマスの時期には、丸の内仲通りの一画にアーチ状の電飾モールが設備されて、前年までの表参道のお株を奪うように、イルミネーションの下を闊歩する男女の姿が、情報番組で再三取りあげられていた。

僕は、旧都庁跡にできた「東京国際フォーラム」へは、映画の試写会で何度か足を運んだことがある（叶姉妹が来るような派手なプレヴューは、最近だいたいココの〝Aホール〟で催されることになっている）。但し、そういうときは大方、人ごみをすっと抜けて数寄屋橋の所から地下鉄で帰ってしまうので、フォーラム裏方のオフィス街のほうを歩くことはない。

丸の内の中心街をめざすのは、およそ5年前、『会社観光』という連載コラムの取材で、このあたりのオフィスを散策し廻って以来、のことである。

さて、僕と担当編集者のTは、2月初めの金曜日のランチタイムを狙って、〝ニュー丸の内〟の中心スポットとして話題の「MARUNOUCHI CAFE」で落ち合う約束をした（今回はスケジュールの都合で、漫画の松苗女史とは別行動になった）。

僕は、地下鉄の日比谷駅を出て、「アメリカン・ファーマシー」（ドラッグストアー）の前から仲通りに入った。行く手に続く三菱系のオフィス街の遠景は、一見、二十余年前の「企業爆破テロ事件」の頃と、さして変わりはない。が、歩きながら左右をよく見ると、1階部にブランド系のショップが、ぽつぽつと発生している。

バカラ、ロイヤル・コペンハーゲン、エルメス、ジャンフランコ・フェレ、コム・デ・ギャルソン……当日はまだ建築中だったが、日比谷寄りのほうに「プラダ」の看板を出したビルも見えた。しかし、ウィークデーのランチタイムに、さすがにこの種のショップで悠長に買い物などしているサラリーマンやOLの姿は見当たらない。店は閑散としているが、美しい並木の続く広い歩道と重厚なビルが続く日本離れしたシチュエーションが、ヨコモジ看板の各店の〝イメージ付け〟に一役買っているようなところはある。

僕が資料として愛用している『東京風土図』（産経新聞社会部編・社会思想社刊）という文献によると、丸の内オフィス街の歴史はこんな感じだ。

江戸時代は十万石以上の大名の屋敷が並んでいた所で、維新後、大名たちが国元に引き揚げて、しばらく陸軍兵舎や練兵場となっていた。兵舎を赤坂や麻布に移すことになり、その費用（150万円）を得るために、民間の富豪（渋沢、大倉、岩崎、三井……）から買い手を募った。結局、坪五円で三菱の岩崎氏が30万平方メートル（十万坪）を買う話がまとまったのだが、そのとき岩崎は「竹を植えてトラでも飼うさ」と語ったという。それほど、どうしようもなく寂しい場所だったようだ。

ま、しかしさすがにトラを飼うことはなく、岩崎はロンドンのロンバード街に倣って、明治27年、赤レンガ造りの第一号ビル（東九号館）を建築、明治の末には、「一丁ロンドン」と呼ばれるオフィスビル街の原形ができあがった――。

いまや明治年代の赤レンガビルは、ほとんど残っていないが、昭和30〜40年代の高度成長期に改築されたビルが、すでにクラシックな趣きを漂わせながら〝丸の内らしさ〟を演出してい

第三の穴①

丸の内　寡黙なランチタイムの風景

第三の穴②

丸の内　寡黙なランチタイムの風景

る。

丸の内仲通りの、ちょうど真ん中あたりに建つ「富士ビル」も、そんな高度経済成長時代のさなかに建築されたビル。カシッとした立方体の、灰色9階建てのオフィスビルは、あの当時の東宝映画で、植木等や森繁久彌が陽気に勤務していた姿を彷彿させる。

このビルの1階に「MARUNOUCHI CAFE」は存在する。

香港出身の気鋭のグラフィック・デザイナー、アラン・チャンがプロデュースしたという店内は、大雑把に言えば、ちょっとクラシックなアジアン・テイストの家具や装飾品によってレイアウトされている。バリ島ウブドゥあたりの小洒落たプチホテルのロビーに置かれているようなソファやイスが配置され、通りに面した窓際のカウンター席には、ノート型のパソコンが並べられている。

東洋の香り漂う木質の机やイスと、無機的な通信機器との〝コラボレーション〟が、近未来SF的ムードを演出している――とでも表現しましょうか。が、カフェとはいえ、ウエートレス風の人は見当たらない。受付に、幕張上がりのコンパニオン、みたいなコンサバ系の美女がいて、ニコニコしながら店内を見張っている、だけである。

ランチタイムの後半の頃だったが、各イスは二十代くらいの若いサラリーマン、OLで埋まっていた。入り口の際に、自販機が並んだコーナーがあって、彼らはここでドリンクを手に入れて、持ちこみの弁当やファーストフードを食べる——というスタイルなのだ。

中央には大きなマガジンラックがあって、各種雑誌の最新号を思い思いにチェックすることもできる（ヨコモジの雑誌もけっこう多い）。

制服の会社が少なくなったこともあって、スーツの男たちを除けば、オフィス街の店というより、どこかの大学のシャレたサロンにでも紛れこんだような気分である。ちょっとフォーマルな格好をしたＭＡＸ、みたいなＯＬたちが、ミニ・ペットボトル型のアイソトニック飲料やミネラルウォーターを口飲みしつつ、手持ちの弁当箱を広げている。

ようやく二人掛けの席を見つけて、Ｔと向かい合って座る。丸の内がいかにも場違いな風体をしたＴと、なんとなく居ずまい悪そうに視線をきょろきょろさせていると、傍らのテーブルのＯＬ二人組と目が合った。

一人のほうが、ちょっとニヤッと笑って僕に頭を下げた。別に知り合い、ではない。この感じは、僕の顔を雑誌やＴＶで知っているがそれほどのファンというわけではない——といったクラスの人特有の〝リアクション〟である。が、せっかくきっかけがつかめたので、声を掛けてみた。

彼女たちは、このビルに入っている〝銀行系〟のOLで、ほぼ連日、ランチタイムはここで手持ちの弁当を広げているらしい。

「雑誌がタダで読めるんで、すごく重宝してるんですよ」

と、かなりこの環境がお気に入りの様子だった。

ところで、こういったOLたちとのやりとりを記述すると、そこらかしこから会話が漂ってくるような、にぎやかな環境を想像される方もいるかもしれないが、彼女たちのように、雑談しながら和やかに食事をしている、という組は実際少ない。

なかば単身客によって構成されている、と言ってもいいだろう。また、3、4人のグループで入ってきても、各人雑誌を読んだり、パソコンで黙々とインターネットを眺めたり、Eメールの文章を叩いていたり、ともかく、人で満杯の割には実に静閑としているのだ。一番奥のゆったりとしたソファでは、いわゆる路上生活者風のオッチャンが一人、のんびりと転寝《うたたね》をしていた。

会話の聞こえてこない店内に、「癒し系」のBGMが静かに流れている。カマボコ型にくり抜かれた、アールデコ調の窓の外を、旧丸の内系のオヤジ社員がコートの衿を立てて歩いていくのを眺めていると、世代替わりする日本社会の様子がひしひしと伝わってくる。

僕がサラリーマンをやっていた20年前、ランチタイムは上司を先頭に4、5人で行きつけの「おふくろ定食」の店なんかに入って、上司が解説する「巨人のペナントレースの行方」などのネタに適当に相槌を打ちながら、締めに喫茶店で「右にならえ」でアイスコーヒーを流しこんで、組織社会の一員であることを確認する——ような時間でもあった。

さらにもう一時代前の、植木等や森繁のサラリーマン映画の時代には、オフィスビルの屋上や日比谷公園などで、ランチタイムに和気あいあいとバレーボールなんかに興じるシーンがよくあった。無責任シリーズの第一作『ニッポン無責任時代』のなかに、転がってきたバレーボールを植木等がヒョイっとビルの下に投げ捨ててしまう——という有名な場面があるけれど、あのシーンは「丸ビル」の屋上で撮影された、と東宝の関係者から聞いたことがあった。

そんな〝ランチタイムのバレーボール〟隆盛の時代の「ランドマーク」だった丸ビルも、いまや取り壊されて、新ビルの工事が始まっている。

「MARUNOUCHI CAFE」を出て、東京駅の方向へ歩いていくと、すぐ先の右手には「オテル・ド・ミクニ」が出店したトラットリア風の「ミクニズ・カフェ」、旧丸ビル向かいの郵船ビルの1階には「ドラゴンフライ・カフェ」という、やはりイタリアン志向のシャレたカフェが出現していた。丸ビル跡に建設中の新ビルにも、この種の物件がおそらく設けられるに違いない。〈CAFE〉のヨコモジ看板が、丸の内仲通りの新たな象徴、になりつつあるような気配だ。

帰りがけにもう一度「MARUNOUCHI CAFE」を覗いてみた。ランチタイムが過ぎて、客が少なくなった店内で、受付のコンサバ嬢に質問してみる。

――タダでこんなスペース開放して、ペイできるんですか？

「三菱地所さん（ビルの持ち主）が、憩いの場として提供しているものですから……」

明確な回答は得られなかったが、資料によると、ここはことしの9月までの実験的なスペースで、新たな丸ビルに設ける〝アトリウム〟に、このカフェで得たノウハウが活かされるらしい（その「アトリウム（中庭？）」が、どんな感じのものなのか、よくわからないが……）。

ふと奥のソファに目をやると、僕らが来る前からいたあのオッチャンが、完璧に眠りにおちている様子だ。若い丸の内人たちは、相変わらず隣人には無干渉、という感じで、パソコンを眺めたり、雑誌をめくったりしている。

ともかくこの不可思議なムード漂うカフェに身をおいていると、岩崎が坪五円で赤レンガのビルを建てて以来の、丸の内の変わり目を、仄かながら感じる。

その後の穴3　MARUNOUCHI CAFE

忘れ去られた都心の休憩所

丸の内界隈はオシャレである。今やこのことを疑う人はいなくなった。しかし、「丸の内カフェ」という単語を聞いて「あ、知ってる」とか「行ってみたい」とか思う人は今どのくらいいるのだろうか。新しい丸ビルの完成以前、このあたりを少なからず象徴していたのはこのカフェだったのに、いつのまにか存在すら忘れられてしまった。富士ビルから通りをはさんだ向かい側、新東京ビルの一角にひっそりと移転した丸の内カフェの現状を見に行ってきた。

現地に着くと、入り口の脇には「丸の内エリア全体のアメニティスペース」としてのカフェのコンセプトと注意書きが書かれたパネルがあった。そして手前に置かれたテーブルで、疲れたサラリーマン風の中年男性が突っ伏して熟睡している。ランチタイムは過ぎた午後3時ごろだったが、店内はそれなりに混雑している。以前のオリエンタルな内装は面影もなく、ふた回りほど狭くなったスペースの外周にカウンター席、中央にソファ席が設置してある雰囲気は病院の待合室のようである。ラックにさまざまな雑誌やフリーペーパーが置かれ、備え付けのパソコンを使う人、書類を広げて打ち合わせをする人などで座席は8割方埋まっている。左手奥の受付で店内を見張っているのは以前のようなコンサバ美女ではなく、なごみ系のかわいらしい女性だ。ここはもうオシャレな場所とは言えないが、都心で働く人間の憩いの場としての役割はぐっと増したのではないか。

そう思いながら右手の階段から2階へ上ると、そこはもはやカフェというより図書館であった。壁際の本棚にはアート系を中心に多くの本が並び、ひっそりとした空気のなかで何人か読書をしている。会話はまったく聞こえてこない。あまりの静けさにそそくさと退散したが、「丸の内カフェ」は確かに生き残っていた。もうほとんど誰も覚えてないけど。

（編集部）

5年後も繁盛してる予想確率　30　%

第四の穴
原宿表参道――殻のなかの路上詩人

タマゴ売りの男／路上詩人＠原宿表参道
2000年5月

僕が初めて原宿を訪ねたのは、１９６７、８年の頃である。きっかけは、中学受験のために通っていた進学教室の会場が、当時、東郷神社並びにあった社会事業大学の教室を間借りしていた――という理由による。学生運動たけなわの時代、〈べ平連〉とか〈中核〉とかの立て看が並ぶ物騒なキャンパスで、毎週日曜日、模擬試験と講義を受けて、帰りがけに表参道沿いの現在の「クエストホール」のあたりに並んでいた「フクオ」という〝趣味の切手屋〟と、輸入物のプラモが揃った模型屋を覗く――というのが愉しみになっていた。

明治神宮への単なる〝アプローチ〟だった参道が、若者のストリートへ変化していく発端となったのは、僕が原宿に通うようになった1、2年前、バイクやスポーツカーで繰り出してくる「原宿族」の発生以来、といわれている。当時「スナック」という一種の流行語で呼ばれていた若者向けの飲食店が、彼らの溜り場になっていた……と聞く。往年のGS（グループサウンズ）映画などを観ると、その種の店がよく出てくるが、これは現在のオヤジ向けのスナックというより、いまでいう〝クラブ〟や〝オープンカフェ〟に近いスポットだったのだろう。

若者の街――とはいえ、せいぜい僕が高校生の頃までの原宿は、東京地方区のトレンドタウン、という趣きが保たれていた。それが一気に俗化された観光地、となるのは、70年代の終わり、休日の歩行者天国の道路に「竹の子族」や「ロックンロール族」（『アメリカン・グラフィティ』に触発されて以降の）たちが集まるようになってからだ。

かつて教会だった所に「ラフォーレ原宿」がオープン（1978年）し、セントラルアパートにいたデザイナーやカメラマンたちは、代官山や乃木坂へと逃げていった。甘ったるい香りがたちこめるクレープ屋の前には、修学旅行の中高生たちが列をなし、違和感を覚えた僕は〝ヌケ道〟を選んで歩くようになった。

少々昔話が長くなったけれど、そんな原宿表参道を、久しぶりにじっくりと散策してみることになった。

「今回は、路上詩人ってのを取材してみませんか？」と、担当編集者のTから提案された。

路上詩人——噂には聞いていたが、表参道の道端で、往来する若者たちを相手に〝人生に勇気を与えるような詩や俳句〟をしたためて手渡す男、というのが何人か存在するという。元吉本興業の芸人だった「軌保博光《のりやすひろみつ》」という人物がその発端らしい。

僕らは地下鉄・表参道駅の出口で待ち合わせて、原宿駅のほうへ向かって左側の歩道をゆっくりと歩いた。当日はゴールデンウィーク最後の日曜日（5月7日）で、天候にも恵まれ、人も出ている。旧渋谷川（暗渠道）の橋を越えたあたりから、路傍にちらほらと露店が見られるようになってきた。

露店といっても、地べたに布やマットを広げて、古着や小物を並べただけの簡素なものである。インディアン・ジュエリーの類いを並べた店は、僕の高校時代からあったタイプで、ちょっと懐かしい気分になる。

他に自ら描いたイラストのカードなどを売る店、似顔絵屋が2、3軒、変わったところでは、白塗りの顔に眼帯をあてた赤い晴れ着のお姐ちゃんと黒装束の魔女風ギャル（その後のゴスロリ）――という二人組が、血みどろ女のガン首（模型）……などのおどろおどろしいグッズを地べたに並べていた。僕の世代から見ると、一瞬、30年前の寺山修司かぶれのアングラ劇団員――なんかを想像して、はじめ恐る恐る遠巻きに眺めていたのだが、思いきってカメラを向けると、うれしそうにピースサインを出してポーズをとった。この辺の単純さが、昔のアングラ系とは違う。

何軒かの露店のなかで、最も様子がおかしかったのが、「タマゴ売りの男」である。

メガネをかけた朴訥としたその青年は、ちょうど僕らが通りがかったとき、地べたに布を広げ、10個のタマゴを何か配列でも考えるように並べた。僕は初め、手品でも始めるのか……と推理していたのだが、一つ二つタマゴの位置を入れ換えた後、右側の5個のほうに「60円」、左側の5個のほうに「100円」と値札を置いた。よく見ると、彼は片手で紙ネンドをくねくねと丸めたりしている。

なるほど、このタマゴは紙ネンドで作った工芸品なのだ……と解釈して、尋ねると、

「や、フツーの生タマゴっす」

人を食ったような声で答える。

「あぁ、家でつくってる放し飼いタマゴみたいな」

「や、さっきスーパーで買ってきました」

それで1個60円、100円、ってのはナンなんだ。しかも、見た目同じタマゴで40円の差の根拠は何か?

「なんとなく、っていいますか……」

あっけらかん、と答える。

「どこから来てるの?」

「練馬、っす」

連休中、何度かここで店を広げて、先日は外国人の観光客に2個売れた、とうれしそうに語った。〈安全です〉と文句が添えられているが、大丈夫だろうか……。

ところで、目的の詩人は一向に出てこない。ダメだったら、あのタマゴ売りの総力取材でもしてまとめようか……などと考えながら、表参道を往ったり来たりしながら時間を潰す。

オープンカフェで一服して、午後3時を廻る頃、ようやくキデイランドの前あたりで路上詩人を発見した。

彼は高野こうじという青年で、〈創作書家〉と名乗っている。手渡されたプロフィールには「1

968年東京生まれ。ミュージシャン、役者、会社員、コピーライターなどの経験と旅、酒、出逢いなどの日常のなかから生まれたシンプルで直接心に入ってくる言葉を紡ぐ」などとある。お客とちょっとした面談を交わした後、ひらめいた言葉を筆で綴る——というシステムのようだ。まずは担当編集者のTが〝モルモット〟となった。

どこまで本心なのかわからないが、「仕事が忙しくて、なかなか自分の時間が作れない。流されているような日々に不安を感じている」なんてことを、Tがいつになく深刻な顔をして、高野氏に訴えている。

瞬時に、こんな言葉が綴られた。

「全力で走ると息が切れる。

毎日少しずつでもいいから歩き続けて。

余裕があなたを前進させる。」

さて僕は、照れ臭いので、「最近ちょっと体力の衰えを感じます」程度のことしか伝えなかったのだが、以下のような〝お言葉〟をいただいた。

「遠くの灯りを見るよりも
いま出来ることを 力一杯に。

路上詩人の客には絶対向いてない人種
その① 政治家
ふーん そう こーいうの 若い人の あいだで はやっとるんだ
いや 言葉というのは 大事だよ 僕も 支持者の方から 「相田みつを」 先生の本 いただいて カンゲキしたし
その② サッチー&デヴィ夫人タイプのマダム
んまー 戦後の ヤミ市と ちがって 今は 何でも 商売に 出来るのねぇ
インドネシアでは まだとても こんな商売は
でちょっとアナタ 親孝行も しなさいよッ
本当は 孤独な 女王蜂も たったひとつの 愛を求めて
強がり ばかり いってちゃ いけないな
その③ 引き込もりのヒッキー君
バカに すんなーっ
引きこもってちゃ ダメなんだ 外の風を 感じてみるんだ 君の中では
外へ出て何か すりゃエライ のかよっ
その④ 渋谷陽一
君たちのような 路上でホのスタイルって いうのはさ やっぱり 60年代 ヒッピームーブメントから 連綿とつづいてる 20世紀サブカルチャーの 最後の一葉って気が するんだけど
そーいう 視点で とらえて みると
若者ばかり 相手にするのが 疲れたら オヤジ雑誌で 本音を語ろう それがきっと あなたの 真実
うわあああ〜ん
よかった今日いなくって

楽しんでいるあなたのまわりに
幸運がやってくる。」

ま、こうやって活字にしてしまうと、ナンのことはない文句にも思えるが、筆字で一息にすらすらと綴られると、ありがたい気分になる。相田みつを体の筆字というか、やはりこういう字体には独特の説得力がある。また僕はこの字体を見て、下北沢あたりによくある「手羽大根」

「茄子チーズ焼」なんて勿体ぶった感じで記した、居酒屋の品書きをイメージする。

思いきって高野氏に尋ねてみると、実際そういう仕事もしているらしい。お客の悩みをさんざん伺っておいて、まじめな顔をして、ただ「手羽大根。」と一筆記す――なんてやり方も面白い、と僕は思うのだが……。

さて、料金はお客の意志に任される。僕らは千円札を一枚差し出した(千円くらい、がいちおうの相場らしい)。

もう少し先に、稲葉尊治《たかはる》さんという二十代の若い詩人が出ていた。彼は軌保博光氏に触発されて、去年の夏から〝言葉〟や〝絵〟を描きはじめたという。決して巧いとはいいがたい字で自ら記したプロフィール――が面白い。

「1997年の7月、『本を出して、印税生活したい』と出版社へ持ち込みをしたところ、『君、路上タイプだね、やってみれば!』と運命の助言をもらい、路上での表現をはじめる。はじめはクレヨンを使い、言葉だけを書いていたが、たくさんの『カッコイイ!』ものに出会い、『俺もなりてぇ。つくりてぇ』と、意識が向上していく――」

感覚至上主義の若者、ということは、これだけでよくわかるだろう。しかし「路上タイプだね」といった編集者の言葉も凄い。

彼にも一筆いただこうか、と思っていたのだが、残念ながらこの日は仕事道具を持ってきていなかった。連休中は警察の取り締まりが厳しく、警戒している様子だった。表参道は、土地のヤクザの仕切りなどはあまりないそうだが、原宿警察が時折巡回にきて、常習者はキップを切られる。初めて知ったが、この種の露店は、車を駐めていなくても「駐禁」の対象になるらしい。

当日も巡回する警官を何度か見掛けたが、皆、警官が近づいてくるとサッと地べたの布をたたんで店閉まいし、姿が見えなくなるとまた店を開く、というイタチごっこなのだ。警官のほうも、たまに見せしめに検挙する、といった気配で、彼ら若い路上商い人たちとの関係は、「修学旅行中、夜更けの部屋の見廻りに来た教師と生徒たち」のような、割合と和やかなもの、と察せられた。

帰りがけ、人集《ひとだか》りが生じた高野詩人の陣地の並びに、まださっきの〝タマゴ売りの青年〟がいた。よく見ると、タマゴが一つなくなっている。「Ｉ個、売れたんすよ」と、うれしそうに答えた。

詩こそ書かないけれど、彼も道端にタマゴを並べることによって、外の社会との何らかのコミュニケーションをとりたい、というのが本望なのだろう。

そして、通りを何度も往ったり来たりして、ふと気づいたことは、おそらく顔見知りになっているはずの各露店の人たちが、お互い極めて無干渉な雰囲気なのだ。お祭りのオヤジの露店に見られるような、商い人同士が馴れ合った会話を交わす気配はなく、「へい、らっしゃい！」などの口上もなく、各人が静かに、お店屋さんごっこを愉しんでいる。

お隣が「タマゴ」を売ろうと「詩」を紡ごうと、カンケーない。一見、にぎわった光景のなかに、目に見えない殻に覆われた露店が並んでいる。悩みを打ち明けて、僕らの世代には少々気恥ずかしいタッチの詩を紡いでいただく——というやりとりも、そんな殻のなかでのプライベートなアトラクション、として成立しているような気がした。

その後の穴4　原宿表参道

消えた路上詩人たち！ 卵売り青年はいずこへ!?

このところ東京の山手線沿線では、どの駅前を歩いてもあまり路上詩人に遭遇しなくなった。特に表参道では、詩人どころか露店もめっきり減った。ブームが終わってしまった感じもあるが、むしろ単純に警察の取り締まりが厳しくなったのかもしれない。連載時に活躍していた路上詩人たちは、今はどこで悩める若者を癒しているのだろうか？

インターネットで調べてみると、一部の有名詩人は、すぐにその消息を掴むことができた。例えば「軌保博光」氏は（現在は本名を封印し、天国をつくる男〝てんつくマン〟と改名)、１年間の全国行脚で資金を稼ぎ、永年の夢だった映画を撮ったという。その資金額なんと……6000万円！　筆一本で、もはやＩＴベンチャー企業の社長も顔負けの成功っぷりである。しかも映画は、全国の若者に呼びかけて「沖縄のゴミを拾う」とか「アフガニスタンに手編みのマフラーを届ける」といった内容だから、「自分探し」の夢はますます大きく膨らんでいるようだ。

それでは、一方の「卵売り青年」はどうなったのか？　これまたインターネットで調べると、意外な消息が明らかになった。どうやら彼はその後「デザイナー・作家・詩人・マンガ家　本田まさゆき」の肩書きで活躍し、2003年の「第３回詩のボクシング全国大会」でなんと優勝し（！）、その後はラジオ出演など芸能活動も行っているという。そしてその朗読は、ソニー・ミュージック・エンタテインメントから『母は苦情を言いました』というＣＤ作品として発売されている。聴くと、訥々とした語り口がユーモアとペーソスに満ちて、なかなか胸に沁みる。

ひところ若者のナイーヴさの象徴のように取沙汰されていた路上詩人ブームだが、それでも実際に何か行動を起こす思い切りさえあれば、彼らを笑っていた多くの人たちよりよっぽど大きな成功を収められる……ということか。

（編集部）

5年後も繁盛してる予想確率　10　%

第五の穴
神楽坂・パラパラの牙城へ乗り込む

ツインスター@神楽坂
2000年8月

盛夏のとある火曜日の夜、「パラパラ」というダンスを踊る集団を観察すべく、神楽坂のディスコ「ツインスター」へと向かった。

敢えて〝ディスコ〟と書いたが、この言葉はもはや死語の様相が強い。オオバコ系クラブ、なんて呼び名で語るのが妥当なのかもしれないけれど、神楽坂にこの店がオープンした頃（1992年）は、まだディスコの呼称が一般的だった。

トレンド時評の類いをよく書いていた当時の僕は、オープンして間もない「ツインスター」

を訪ねたおぼえがある。神楽坂という、その種の店にしては意表を突いたロケーションに興味を抱いた——のが一つだが（松井雅美プロデュース、とかいう触れこみの店がその数年前、本多横丁の裏方あたりに一軒あったのだが……）、何より開店当時のツインスターで印象に残っているのは、受付にいた一風変わったオバチャンの佇まい、である。

元パチンコ屋だった、とは聞いていたのだが、妙に白塗りの化粧を施した、おそらくパチンコ屋時代に景品カウンターにいたと目される中年婦人が、そのままディスコの受付に座っていたのだ。

その後ツインスターは、てっきり不景気の波に沈んで、カラオケボックスか何かに変わったか……と思っていたら、しぶとく生き延びて、昨夏あたりから〝パラパラの本拠〟として話題のスポットになっているという。とりわけ火曜の夜にはパラパラの講座が催されて、入店待ちの行列が生じるらしい。

夜の8時過ぎ、僕らは飯田橋近くの居酒屋で景気づけに一杯ひっかけて、パラパラの城めざして急峻な神楽坂を上った。エスカレーターで上っていくアプローチの雰囲気は以前と変わっていないが、受付には、さすがにもうあの白塗りのオバチャンの姿はなかった。受付のカウンターには〈最新パラパラ収録ビデオ〉というのが、ずらりと陳列販売されている。

ところで本誌の主要層とされる三、四十代の読者のなかには、いわゆる〝服装コード〟を心配される方もいるかと思われるが、最近のこういう店は、身なりにはかなり寛容になっているようだ。当日、松苗女史は急な仕事で来られなくなって（編注・松苗氏は翌週に別途取材）、僕と松苗女史のダンナ、担当編集のTという、むさい野郎3人（しかもうち二人は四十男）の布陣となったが、みなTシャツやアロハ……というスタイルで、すんなりとゲートをくぐることができた。

店内にも、会社帰りの通勤スーツの男グループ……なんてのがけっこう見受けられる。まだ時間が浅い、ということもあって、長テーブルの一角に席を確保することができた。

すでに正面のダンスフロアーでは、ユーロビート（テクノハウス、といったほうが妥当か……）に乗せて、パラパラの舞いが展開されている。

ちなみにこの〝パラパラ〟という振り付け、近頃のブームは〝第三次〟とか〝第四次〟とかいわれている。細かいことはわからないが、僕がその名を初めて聞いたのは、確か90年代初頭の「ジュリアナTOKYO」の人気が過熱している頃、ではなかったか……。当時、何かの情報番組でその映像を眺めて、「久しぶりに決まりの振りのダンスが復活した」と、ちょっと懐かしい気分になったものである。

僕がいわゆるディスコ・デビューを果した70年代の前半の頃というのは、「ソウル・シーシー」とか「チャチャ」とかの、様式化されたステップやそれに伴う手振りを付けた、ダンスが主流であった。

「ストップ・イン・ザ・ネーム・オブ・ラブ」（シュープリームス）、「窓辺のデイト」（ジャクソン5）、「ゲットレディ」（レア・アース）、和製のキワモノでは「可愛いひとよ」（クック・ニック&チャッキー）、「気ままなジーナ」（松尾ジーナ）……なんていったナンバーに、一見〝幼稚園のおゆうぎ〟みたいな決まりの振りが付いていて、それを日夜ディスコに通って、ミラー張りの壁や支柱に映った自らの姿を確認しつつ、習得に励んだものだった……。

ま、しかし、そんな30年近く前の大昔の話はともかく、パラパラ初期の頃とくらべて、随分と振り付けが小刻みになってきている。下半身、つまりステップのほうは、右へチョン、左へチョンといった、岩崎宏美の歌の時代と大して変わりない平凡な動きだが、上半身の手振りのほうは〝手旗信号〟というか、〝動く千手観音〟とでもいおうか、なんともせわしない。

ずっと眺めていると、ステージ正面の高い所（まだ〝御立ち台〟といっていいのか……）には、熟練した風情のおねえちゃんたちが陣取っていて、簡単にその定位置を譲ろうとはしない。聞くところによると、ここには「ビギナー」「マスター」「師匠」といった等級が存在するら

子供の頃から
ラジオ体操で
たたきこまれた
画一的な集団性と
腕を前からまわしてせのびの運動!
いっちにっさんっしっ
ごーっろくっひちっはちっ
毎日の通勤地獄の中
平然と本や新聞を
読めちゃう根性と
どんな満員電車の
中だろうと化粧できる
スーパーテクニックがあれば
ガタタン
ガタタン
ガタタン
ガタタン
タタタン
ぎっしり詰め込まれた
ツイン☆スターの店内だろうと
楽しく踊れてしまう
手の動きがみんな同じ方向だからぶつからない
だからみんな同じフリなわけね
まさしくこのパラパラこそ
もっとも現代日本にふさわしい
民族の踊り
さあ、これなら
北朝鮮のマスゲームと
勝負できる!
これで日朝国交回復
も順調に進展だ!!
おー
テンコー人形→

しい。おそらく、あの高い所にいる人たちは「師匠」のクラスの、つまり〝パラパラ道の解脱〟を遂げたような面々なのであろう。そういう目で見ると、ステージ上の上級信者たちが、下に群がったビギナーどもにパラパラを布教する――そんな新興宗教団体のセミナーを覗いているような気分になってくる。

そして、次から次へと流れるパラパラ用の曲というのが、どれも古臭い。80年代のなかば「マハラジャ」系のディスコでよく流れていた「ブーンブーンブーン」とかに毛が生えたようなナンバーばかりで、「ファイヤー！」とか「デンジャー！」といった、バカっぽい英語フレーズばかりが妙に耳につく。

また、ステージの中央で上級信者の女子に混じって踊る〝幹部クラスの男〟というのが、どいつも黒スーツの胸をはだけた、往年の黒服の落人、みたいな風体をしているのだ。なんというか、バブル時代の残滓《おり》がここに溜まっている、といった感じである。

一方、ダンスフロアーの端っこのほうでは、小太り気味の顔にメガネをあてたオタク風の若者たちが、けっこう巧みにパラパラをこなしている。少なくとも80年代のディスコではハネられていたような男たちであるが、こういう規則的な振り付けとなると、TVゲームで鍛えてきた彼らは強いのかもしれない。

みな黙々と自らの演舞をきちんとこなすことに一生懸命で、隣りの女子に声を掛けたりする男がまるで見当たらない、というのが、ちょっと不気味である。昔の僕らは「ストップ・イン・ザ・ネーム・オブ・ラブ」を踊りながらも、常にナンパの好機を窺っていたものだ。

10時近くになって、ステージに店を仕切る幹部クラスの男たちが寄り集まって、パラパラ講座のコーナーが始まった。

昔ＮＨＫの公開番組の途中なんかにやっていた、オジサンオバサン向けのちょっとしたおあそび体操の講義のように、まず右手を上げて山を描き……なんて調子で、初歩的なところから教えてくれるのかと思っていたら、いきなり、通っていないと知らないような曲が流れて、これはまるで追っついていけない。

隣りにいたＯＬグループに尋ねると、やはり教材のビデオを買って、家でコマメに自習を積

1Fのフロアで踊りまくるのは厚底ギャルばかりでなく
けっこうさまざまな年齢・ファッション・体形の人々——なので
はっきりいってSIGHTの読者がいっても全然大丈夫!!
DJ・振付けのスタッフの方々によるパラパラ講座もとてもアットホームなノリ
さすがは元・パチンコ店
ってカンケーならあるか
トイレでは鏡の前でひとり必死にパラパラ特訓中のギャルがいじらしい♥♥
あらまぁ
だって見ながらやらないとわかんなくて
この夏中にマスターしたいもん。
そーよね おばちゃんもそーよーお
2Fのフードコーナーには若者の好きな定番メニューカレーライスにミートソース・スパゲティサラダetc…
早くいかないとカレーなどはあっという間になくなるので白飯に仕方なくミートソースをかけて食べるハメに。気をつけましょう!
ハヤシライスと思うとうまい?
でもなぜかデザートのティラミス風ケーキはいっぱい残っていた。食べてみてなぜかわかった…。
というわけで取材も終了し、家路につく中年男達がタクシーの中で酔って歌うはアットホームな70・80年代のニューミュージックの数々なのであった…。
松浦・夫
ああっでも曲名全然わからない
ジャスラックに許可取らなきゃ
僕は若者なのでこの時代の歌はうたえませーん!
←担当T氏

まないことには、マスターは難しいようだ。

すでに3杯目くらいに達したジントニックの酔いに任せて、ＯＬたちにいろいろと事情聴取を試みた。ひと頃、この種の店でハバを効かせていた派手なイケイケ風ではなく、いまどきの丸の内あたりを歩いている、ごく普通の女の子たちである。千葉のほうから来ている、どこかの派遣社員と聞いたが、なんとなく「派遣社員」という職種と「パラパラ」は馴染みがいいような気がする。

ヒップホップ系のクラブとくらべて、あまり格好よくないことは、彼女たちも自覚しているらしい。但し、「集団で決められた振りをこなす」コレはコレで、クセになる魅力があるという。

パラパラを「盆踊り」に喩える人がいるけれど、確かにわが日本人というのは、古来からムラ単位で統一されたような舞踊に、親しんできた。踊りに限らず、集団で決まった名所史跡をきちんと辿っていくパックツアーの類いも、いまだに人気を博している。

組織の一部品となって、流されるように働く感覚は、僕もときに〝快感〟だったりするわけだが、そういう旧日本的な様式美は、段々と衰えていくもの、と考えていた。

しかし、この規則的なパラパラを踊る大集団を眺めていると、結局日本には「個人で勝手にリズムをとるようなダンスは根付かない……」という気がしてきた。

オスカーの授賞式で、一人スタンダップして拍手をするような観客は、このパラパラの風景を見る限り、永遠に馴染むことはないだろう。そして、何の迷いもなく、ちょっと手振りに細工を加えてやろう……といった意志もなく、黙々とマニュアル通りの振りをこなしている集団を眺めていて、「盆踊り」よりも僕は〝北朝鮮のマスゲーム〟の光景をイメージした。全員統一された人民服を着せて、ステージ背景のスクリーンに金正日の肖像（森総理でもいいが）でも映し出したら、これはかなり凄いものになる。

ＯＬの一人が「そういえばこないだ北朝鮮の人たちが見物に来ていた」といっていたが、本当だとしたら、何か〝政治的な意図〟を懸念せずにおれない。

ようやくパラパラタイムが終わって、フリーダンスの時間になった。酒がまわってかなりいい調子になった僕は、まわりの寡黙な若い男どもに〝男気〟を見せてやりたい気にもなって、隣りのＯＬの手をムリヤリ引いて、ダンスフロアーへとなだれこんだ。

80年代初頭の、いわゆる〝ダンス・クラシック〟なナンバーに乗せて、昔とった杵柄でステップを踏み、続いてＤＪがおあそびで沖田浩之の「Ｅ気持」を流した。

♪ＡＢＣ　ＡＢＣ　あーＥキモチ〜

歌いながら踊りまくる、おそらくこの店最年長のオヤジ客を気味悪がって、フロアーの若いもんがひき潮のように端っこに移動していく。いつしか、連れてきたＯＬはどこかに消えていた。

女の子には逃げられたが、洗脳された集団を破壊しにきた革命戦士のようで、正にとてもＥ気持、な夜だった。

その後の穴5　神楽坂ツインスター

閉店して高級フレンチ・レストランに！

第３次のブームが起きたのが2000年。流行語大賞にも選ばれた「パラパラ」の代名詞になったディスコ・神楽坂ツインスターだが、2003年８月にあえなく閉店してしまった。この時期「パラパラ」と聞いてみんなが思い出すのは某有名大学の集団婦女暴行サークル「スーパーフリー」の勧誘ビデオの映像だったから、人気凋落もまあ、仕方ないことではあった。かつてのブームの面影を少しでも味わうために神楽坂を再訪すると、そこはなんと高級フレンチ・レストランになっていた。

平日の午後１時半ごろ、庶民的な雰囲気でにぎわう神楽坂の中腹あたりまで歩くとアルミ色に光る巨大な看板が目に入る。アルファベットのＬとＡを組み合わせた巨大な記号が書いてあるが、果たしてここが目指すレストラン「ラリアンス」なのだろうか。そう思いつつ通りの向かい側から全景を見回すと、左手のファサードの上に「ＴＷＩＮ ＳＴＡＲ」の文字が残されている。やっぱりここだ！　入り口の黒板にランチ・メニューが書き付けてある。前菜と主菜から一品ずつ選ぶコースで、それに飲み物がついて1900円。高級フレンチにしてはわりと良心的な値段だ。そう思いつつ長いエスカレーターを上って受付を済ませると、右手の巨大自動ドアがゆっくりと開いてメインダイニングに入る。このつくりはディスコのときと変わらないが、全体に木目調の柔らかなデザインに改装してあり、吹き抜けの長大な空間とあいまってそれなりにゴージャスな感じである。何組かの女性客が楽しそうに食事をしていたが、果たしてどれだけの人がツインスターを知っているのだろうか。聞くところによるとこのレストランは結婚式の場としてかなり人気があるらしい。「なんて素敵なレストラン！」とか思いながら、かつてのダンスフロアへの階段を悠々と下りてくる花嫁の姿が目に浮かんだ。かつての常連客が「パラパラウェディング」をやって、ちゃんと「ツインスター」の供養をしてやればいいのに。　（編集部）

5年後も繁盛してる予想確率　**0**　%（閉店）

第六の穴
はとバス「マジカル・ミステリー・ツアー」体験記

ジョン・レノンゆかりの地を巡るはとバス・ツアー
2000年10月

ことしはビートルズが解散して30年、またジョン・レノンがマーク・チャップマンの凶弾に倒れて（80年12月8日）20年を迎える。今回の本誌〔『SIGHT』第6号〕表紙もジョン・レノンと聞いたが、このコラムもそんな流れにあやかって、レノン（ビートルズ）絡みの、〝観光ツアー〟を体験することになった。

「ビートルズファン必見!!　解散30年記念コース――ジョン・レノンゆかりの地を巡るはとバス・ツアー」

担当編集者のTが見つけてきたのだが、こんな〝はとバスのツアー〟があるとは知らなかった。コースの目玉は、この10月9日、ジョンの誕生日に〝さいたま新都心・スーパーアリーナ〟内にオープンした「ジョン・レノン・ミュージアム」の見学。それから、ビートルズの面々が来日時に宿泊した赤坂のヒルトンホテル（現・キャピトル東急）でディナーを愉しみ、六本木の「キャヴァンクラブ」でライブを眺めて解散――といった行程だという。

僕らは、バスが出発する浜松町・貿易センター一階のターミナルに集合した。はとバスのツアーとはいえ、マニアックな人たちが集まってくるのだろう……と考えた僕は、手持ちで最もそれっぽい感じのスタイルをコーディネートして参上した。

ホワイトジーンズに赤地のタータンチェックのウールシャツ。このシャツは浅草・花やしき前の爺さんがやっているバラック店で、￥600で手に入れた古着（Garson Wave、とかいうワケのわかんないタグが付いている）だが、往年のグリコ・ワンタッチカレーみたいな古臭い風合いのタータン柄が、どことなくリバプールの工業労働者感を漂わせている。

そして、その上にイングランドのサッカークラブ「マンチェスター・ユナイテッド」のレインパーカーを羽織った。本来ならば、お膝元の「リバプール」か「エバートン」のものにしたいところだが、ま、ここは近隣都市ということで許してもらおう。

と、けっこう凝ったいでたちでやってきたものの、バスに乗りこんでくる客の佇まいは、一見してあまりマニアックではない。モッズルックやマッシュルームカットを真似たフリークの姿などはなく、なかで20名ほどの一番の大集団は、コレでなければ「柴又の寅さんツアー」でもよかった……というような、普通のオジサン・オババサンたちの観光グループ、といった風情である。

ちなみに編集者のTは、自らこのツアーを手配しておきながら、うっかり自分を勘定に入れるのを忘れて、気づいたときには人員満杯でバスに乗車できなくなった。

「まさに〝涙の乗車券〟（Ticket to Ride）ってやつでして……」

曇った顔で、仕込んできたシャレを吐き捨てて、彼は一人、JRでさいたま新都心へと向かうことになった。

車内のモニターからはビートルズやジョンのビデオクリップなどが流れ、予備知識が解説され、ミュージアムに到着するまでに気分が昂まっていく――と踏んでいたら、そういうことはなかった。

下町のオバチャン風の初老のガイドさんは、はじめのうちは〝ビートルズの面々がヒルトンホテルで注文した料理〟の話などを語っていたものの、じきに首都高速際に見える東京名所の

第六の穴①

はとバス「マジカル・ミステリー・ツアー」体験記

第六の穴②

はとバス「マジカル・ミステリー・ツアー」体験記

解説にのめりこんでいった。

「え、左に見えます東京タワーは創業者の前田久吉が『富士山が見たい』という老いた母親の思いにこたえて建てたもの、といわれておりまぁす」

なかなか細かい東京知識を仕入れているガイドさんで、それはそれで面白かったが、このヒトは目の前の席にいる老人客とのちょっとした雑談までマイクを通して語り、放った冗談に自分でゲハゲハ笑う、というクセがある。バスは、ジョン・レノンのジョのムードすら感じさせない空間を保ちながら、転寝《うたたね》してる間に「さいたまスーパーアリーナ」前に到着した。

エレベーターで昇った4階、ミュージアムの玄関口には、ジョンの大きなポートレートが掲げられている。4〜5階の2フロアーを使った館内には、ジョンの幼年期の資料から順に展示されていた。

「スポットライト・オン・スピード・アンド・イラストレーション」と名づけられた、11歳の頃に作ったというスクラップ帳、に目をひかれた。漫画雑誌の切り抜きの傍に、自ら描いたイラストや文章が添えられて、一冊のマガジン風に仕上げられている。僕も同じ歳の頃、新聞の切り抜きや当時のお菓子のパッケージなどをベースにして似たようなスクラップ帳を作っていたので、なんだかぐっとジョンに近づいたような気分になった。

イラストは抜群に巧い、というわけではないが、色使いや構図などに、どことなくアーティスティックな味がある。サッカーを描いた水彩画があったが、プレミア・リーグ・ファンの僕が見て、対戦しているチームのユニホームは、地元リバプールではなく「ニューキャッスルVSアーセナル」と思われる。

ジョンは、いずれかのチームのファンだったのか？　それにまつわる解説はなかったが、とても気になった。ちなみに僕がビートルズの多くのナンバーに親しんだのは、高校生時代（73年4月）に発売された二枚組のベストアルバム――俗にいう『赤盤』『青盤』によってである。この赤と青の配色は、リバプールの二大サッカーチーム、リバプール（赤）とエバートン（青）のユニホームカラーにちなんだ……という話を、サッカー通のビートルズファンから聞いたことがある。

館内には「リッケンバッカー325メイプルグロウ」をはじめとするジョンの愛用ギターや『サージェント・ペパーズ～』でお馴染みの黄色いミリタリー・スーツ、トレードマークの丸メガネ……など、様々な貴重な遺品が展示されている。

たとえば「リッケンバッカー325ジェットグロウ」のボディーサイドに貼られたメモ紙（イギリス公演の曲順が記されている）を、自ら持参したルーペなどで何度も眺め直しているような愛好家——の姿を期待していたのだが、ここでもそういった光景には出会えなかった。皆、東北の温泉パックツアーのなかに時間潰しに組みこまれた郷土資料館の見学みたいな感じで、流されるように先へ先へと進んでいく。

この日の客がたまたまシロート主体だったのかもしれないが、やはりジョンやビートルズの存在が一ミュージシャンを超えて大きくなり過ぎた——西郷隆盛の銅像のように冥途のミヤゲに一見しておこう——ということなのだろう。

埼玉のリバプールを出たバスは、再び首都高速を都心に向かって南下する。ガイドさんの話は、ビートルズのゆかりの土地からいつしか〝ドイツのトイレを巡る笑い話〟に脱線していたが、あの調子で「ヘイ・ジュード」なんぞを熱唱されるよりはまだ良かった、かもしれない。

キャピトル東急のレストラン「オリガミ」で用意されたディナーというのは、フィッシュ＆チップスとローストビーフのサンドイッチ。これにミネストローネスープとアップルパイのデザートが付く。なんでも彼らが来日時、ルームサービスで好んで注文したメニューだという（ま、実際はたまに外へ抜け出して、スキヤキやテンプラなどを堪能したのだろう……）。なんだか騙されたようなディナー、ではあったが、味はまずまずだった。

ジョン・レノンにまつわる食のエピソードというと、この取材日の前日、TV番組でご一緒した加山雄三さんがこんな話を語っていた。66年の来日時、同じ東芝（ＥＭＩ）レコードという縁もあって、彼らとともに会食の機会が設けられた。テーブル席の和食屋だったらしいが、ジョンは一人「日本人はこうやって食べるのだろう」と、床に膝をついてオットセイみたく背伸びをした姿勢で、テーブルの食事に箸を運んでいたという。いかにも無邪気な彼らしい逸話だ。

ところで僕は66年の来日の頃、ビートルズよりも加山雄三のほうに夢中だった。前年の暮れにゴジラ映画（『怪獣大戦争』）と併映で観た『エレキの若大将』がきっかけである。当時まだ小学生だった僕らが最初にハマった洋モノＧＳはモンキーズで、ビートルズというと『シャボン玉ホリデー』でクレージーキャッツやジェリー藤尾がカツラを被って、「抱きしめたい」を真似ていた……印象のほうが強い。中学で興味をもつ頃には、もう〝大御所〟の雰囲気になっていた。旬に出遅れた、という意識もあって、その後もゾンビーズとかバッキンガムズとか、周縁のフォロワーのほうをむしろ贔屓《ひいき》にするようになった。3、4年ズレていたら、熱の度合いも随分と違っていたはずだ。

締めの六本木、キャヴァンクラブでは「バッドボーイズ」という専属バンドのライヴが催された。丸メガネをかけて、ジョンに似た風体を作った男が唄う「イマジン」を皮切りに、あとはスマッシュヒット・クラスのナンバーが続いた。隣の松苗嬢は、リーダーのMCのさわりを聞いただけで「あ、〝Ask Me Why〟ね……」などと曲名を言い当てて、通なところをみせている。僕も、好みの「すてきなダンス」が始まって、思わず身体を揺すってリズムをとった。しかし、まわりの団体さんたちは「なんじゃ、その曲?」という顔をしている。バンド側は、〝ジョン・レノン・ツアーの客〟ということで、あえて超メジャーな曲を避けるという計《はか》らいをしたのだろうが、こりゃあ「オブ・ラ・ディ、オブ・ラ・ダ」あたりを繰り返しやったほうがウケは良かったかもしれない。

ロアビル前にやってきたバスにぞろぞろと乗りこんで、東京駅で解散。六本木からはとバスに乗って帰る、なんてことはおそらくもう二度とないだろう。まさに、マジカルミステリーなツアー、であった。

その後の穴6　ジョン・レノン・ミュージアム

『レット・イット・ビー・ネイキッド』発売！　そして……

連載時（2000年）から６年が経ち、もちろん期間限定だった〝はとバスツアー〟も今は催行されていない。この間、ビートルズにまつわる最大のトピックと言えば、間違いなく2003年に発売されたアルバム『レット・イット・ビー・ネイキッド』ということになるだろう。1969年にレコーディングされ、グループ解散後に発表された『レット・イット・ビー』の30年以上を経た別バージョンとして、日本では発売後の数日間で40〜50万枚が飛ぶように売れた。構造不況の日本の音楽市場で、しかも洋楽でこれほど熱烈な支持を受けるバンドは、本当にビートルズだけだ。この作品、内容についてはもちろん賛否両論あったが、そうした議論が流通すること自体、彼らが愛されている証拠だろう。

そんなことを考えつつ、さいたま新都心のジョン・レノン・ミュージアムを再訪した。土曜日の午後だったが、客は７、８人しかいない。連載時もあまり熱烈な参観客の気配がなかったが、数十万人単位で存在するはずの日本のビートルズファンたちは、どうやら冷ややかな距離を保ち続けているようだ。まあ、その理由はどう考えても一つ、ここがあくまでもジョン・レノンの（さらに言うならヨーコとジョンの）ミュージアムであり、ビートルズ・ミュージアムではないことだろう。一通り館内を観て回ったが特に以前と変わったところもなく、『ネイキッド』に関しても、特にフォローするような展示はなかった。一説によれば、あの作品は元々のバージョンに30年間ずっと不満だったポールが、ジョンもジョージも亡き今になって念願を果たしたものらしいから、（手に入る印税は別として）ヨーコがそれを歓迎する理由もなかったのかもしれない。

展示室を出て、ジョンが愛飲した例のミルクティーを飲むべく横のカフェに入ると、意外に館内より何倍もにぎわっていた。どうも単に「ちょっとオシャレで使えるカフェ」として近隣住民に愛用されている感じである。こういう実態、ヨーコは知っているのだろうか……。（編集部）

５年後も繁盛してる予想確率　**40**　％

第七の穴
サブカルの殿堂「まんだらけ」探訪

中野ブロードウェイ／まんだらけ渋谷店
2001年2月

中野ブロードウェイに根城を置く「まんだらけ」を探訪することになった。漫画本の古書をはじめ、アニメのセル画、色紙、関連のキャラクターグッズ……を揃えた、いまや漫画を核にしたサブカルの殿堂――といってもいいだろう。

中野駅北口に集合した僕らは、関西の都市を思わせる長いアーケードの続くサンモール商店街を歩いて、ブロードウェイのエスカレーターに乗った。このエスカレーターは2階を突きぬけて3階まで一気に行く。小学生の頃、初めてこれに乗ったときは、何か魔法の装置に乗車したような、ときめきを覚えたものである。

子供の頃、下落合に暮らしていた僕は、バス一本で行ける中野ブロードウェイに、しばしば買い物にやってきた。魔法のエスカレーターで上ってきた3階には「明屋《はるや》書店」という大きな本屋がある。ここは当時、漫画本の品揃えが充実していて、愛読していた『おそ松くん』の全集（曙出版刊）を、1巻から24巻まですべて揃えた想い出深い店なのである。通路をはさんだオモチャ売り場の奥のあたりには、〝趣味の切手と古銭〟の店があって、そこで珍しい「初日カバー」などを物色し、地下の食品売り場の一角で、溶けかかったような質感のソフトクリームをなめて帰る――というのが、少年時代の僕のレギュラーコースであった。

その時代、ブロードウェイにはまだ、「まんだらけ」はなかったけれど、もともとここにはオタク志向の土壌があった……といってもいいかもしれない。

現在、館内に「まんだらけ」は何軒もあるが、まずは明屋書店並びの本店へ入る。四十代なかばの僕から見て、このフロアーは比較的最近のコミックスが中心に陳列され、値段もお手頃なものが多い。現役の女子中高生たちが、愛読しているシリーズの欠けた一冊を探しに来ている、といった雰囲気だ。

棚の一角に、同行している松苗女史の作品コーナーもある。試しに『純情クレイジーフルーツ』（集英社文庫）を何巻か取り出して値札を確認してみると、￥200、￥300、￥400、と価格にバラつきが見られる。

「当時、売れなかったもののほうが高いんですよ」。松苗さんがこそっと教えてくれた。なるほど、発行部数の少なかった切手に価値が付くのと同じ理屈である。この場で松苗さんがサインでも書き添えれば、さらに値がハネ上がるに違いない。

数万の値が付いた〝お宝本〟の類は、4階の「マニア館」にあると聞いて、行ってみた。表のショーウィンドーには、藤子不二雄の色紙や宮崎駿の原画……などが展示され、ちょっとした博物館のような構えを見せている。館内のカギ付きのガラスケースのなかに、手塚治虫の初期の作品をはじめとする、お宝本の数々が〝貴重な美術工芸品〟のような感じで陳列されていた。『地底国の怪人』（手塚治虫）四十万円――これがどうやら一番高い。

カウンターの店主に尋ねてみると、実はさらに高値を付けたものは蔵のなかに保存されていて、時折催されるオークションの際にお目見えするという。まんだらけが発行しているファン雑誌『まんだらけZENBU』（NO・9）のなかに、この1月21日、中野サンプラザで開催されたオークション大会に出品された商品（セル画やキャラクターグッズも含めて）の諸々が掲載されている。

「現在この本は日本に一冊しか存在しません」と曰くつきで紹介されている、手塚治虫の『流線型事件』（昭和24年、葛城書房刊）は、なんと、最低落札価格百五十万円から。果してどこかのコレクターの手に落ちたのだろうか。

しかし、もはや〝文化遺産〟の認識が強い手塚氏の稀少本に「百五十万」の値は、考えようによってはまだ安い。

僕が小学生の頃、明屋書店で買い揃えた『おそ松くん』の全集も、一冊あたり「￥８００」の値札を付けて3、4冊並んでいた。

「コレ、全巻持ってるんですけど、どのくらいで売れますかね？」

三十代くらいの小太りの店主に、先輩きどりで得意気に尋ねると、チッと苦笑いして、

「状態にもよりますけどね」と返された。「鑑定団」のブーム以来、どこの古物屋に行っても、このフレーズを聞かされるようになった。

館内のおよそ半分は、往年の漫画雑誌の棚になっている。客層を観察していると、三十代くらいの男は70年代後半あたりの棚、二十代なかばの二人組は80年代以降のコーナーといった具合に、各世代の懐かしい区域に張り付いているところが面白い。

僕は、谷岡ヤスジのムジドリ（アッサー！）が表紙になった『少年マガジン』71年新年特別

号（￥1000）を、ついつい買ってしまった。江波しょうじの『パピヨン』の連載一回目、巨人の星、ワル、ホモホモ7（みなもと太郎）……などが掲載された、馴染み深い一冊である。

なかに大伴昌司企画による「現代まんがの誕生」という特集ページがあるのだが、中学生の時代、この特集で『ねじ式』（つげ義春）という作品を知って興味をもった……ことをよく憶えている。開いてみると、気味の悪い風体をした少年が床屋のシマシマ看板を掲げた家の前で「もしもしこの近所に医者はありませんか」と尋ね歩いている——見憶えのあるカットが載っていた。

30年振りに落とし物が出てきた……ような、なんともありがたい気分である。かつて、ミカン箱の本棚にいた一冊をいま買い戻した。里子を引き取った親のような心地で、マニア館をあとにした。

この4階のフロアーには、他にも「絵本館」「変や」などの「まんだらけ」系の支店がある。「絵本館」は、キンダーブック、講談社ゴールデンシリーズなどの幼児向け絵本や、昔の理科の教材ポスター……といったものが陳列されていて、少年合唱団が唄う「みどりのそよかぜ」なんかが長閑《のどか》に流れている。店番をする女の子も、下北あたりの小劇場でランドセルしょって出てくるような〝不思議ちゃん〟系タイプである。

「変や」は、近頃ハヤリの〝殺虫剤の琺瑯《ほうろう》看板〟や古びた菓子箱の類を揃えた、昭和B級雑貨の店。

4階の通路は奥へ行くに従って、東洋占星術会、氣学天祐会……といったあやしい看板がぽつぽつと見えてくる。シャッターを閉ざした店も多く、廃業した店のいくつかは「まんだらけ」の倉庫に利用されているようだ。

そんな一角に〈まんだらけ精神世界TVch（チャンネル）スタッフ募集〉なる張り紙が出ていた。4月からスタートするインターネットTVの情報らしいが、その〝募集条件〟が面白い。

一、どんな状況にあっても、冷静でいられる事

二、死をもいとわぬ探究心

三、不屈の魂

と、以下いくつか続く。ちなみにHPのコンテンツのほうには「日本現存の新興宗教の方、魔女、仙人（コスプレや自称ではない、本物の方を募集）」などとある。いったいどんなメディアを企んでいるのだろうか……。

帰りがけに2階フロアーの「DEEP館」を覗くと、ここには商業誌のメジャー作家モノでない、いわゆる〝コミケ系〟の作品が一堂に集められている。僕はその世界の事情をまるで知

らなかったのだが、大方は「迷探偵コナン」などと既成のメジャー作品をもじったパロディーネタで、その多くは男性読者向けの〝過激エロ〟と、女性読者向けの〝ホモ〟ネタに二分されるようだ。

どうして女性向けが〝ホモ〟なのか、よくわからないが、これはひと昔前の「ＪＵＮＥ」（美少年たちが愛し合う世界）あたりからの流れ、かもしれない。ＳＭＡＰをはじめとするジャニ

中野ブロードウェイ（JR駅まえ）
かって'70年代初頭
中央線沿線在住の
女子高生にとっての
寄り道アミューズメント
中野ブロードウェイ
新宿までいくのはメンドイから
なかのなかの
ぼてぢゅうでお好み焼きを
ここの上のマンションこないだまでジュリーが住んでたんだよ
帰りにペットショップ（青山ケンネル）へ寄って帰るのがお決まりのコース
80年代初頭には
23区在住のマンガ創作系同人誌少女達のおしゃべり場に
こないだ四谷公会堂でやったコミケいっぱい人来たよねー
そろそろもっと広いとこでやってくれないかな
ここのスパゲティソースが3種類あっておいしー♥
イタメシブームのはるか昔、けっこう女の子向けの店もあったブロードウェイ
ちょっとおたくがかってきたかも
そして今の中野ブロードウェイ
マンガおたくのみならず今じゃ立派な
サブカルの殿堂
今では立派な
まんだらけビルヂング
MANDARAKE
中野駅前
中野ブロードウェイ
昔から半分以上の店が閉まったままの不思議な場所…
なんか昔から不思議な磁場がっ
いっそのこと
に
なってくれたほうが日本の、いや世界のサブカルチャーのためになるというものです

ーズ系タレント、GLAY、ラルク……といったヴィジュアル系グループをモデルにした作品が目につくが、なかに、彫りの深い美形に描かれた野茂と若きロバート・レッドフォードみたいなピアザ捕手が愛を確かめあうベースボールもの、もあったりする。

途中で気味が悪くなって店を出たが、丹念に探せば、若貴が相撲部屋の風呂場で背中を流し合うような〝力士ネタ〟も存在するのかもしれない。

中野を出て、渋谷の支店へと向かう。以前、渋谷の「まんだらけ」は、東急本店前から道玄坂へ抜けるラブホテル街の一角にあったが、4年前に宇田川町交番裏手の「クラブクアトロ」の傍に移転した。

カラオケや居酒屋が入ったビルの地階にあるこちらは、中野ブロードウェイ内の各店をコンパクトに収容したテーマパーク、といったつくりになっている。手塚治虫や石ノ森章太郎の古典的な作品のコーナー、宮崎駿系のセル画、コミケ系の領域……と、迷路状の店内を歩いていくと、場所によって客筋ががらりと異なる。

しかし、本拠中野とくらべて、やはり全般的にオタクの気のようなものがゆるい。よくいえば、ソフィスティケートされている。この日はバレンタインデーの当日だったのだが、中野の店ではまず見あたらなかった若いカップル客が、こちらにはちらほらと見受けられる。渋谷の

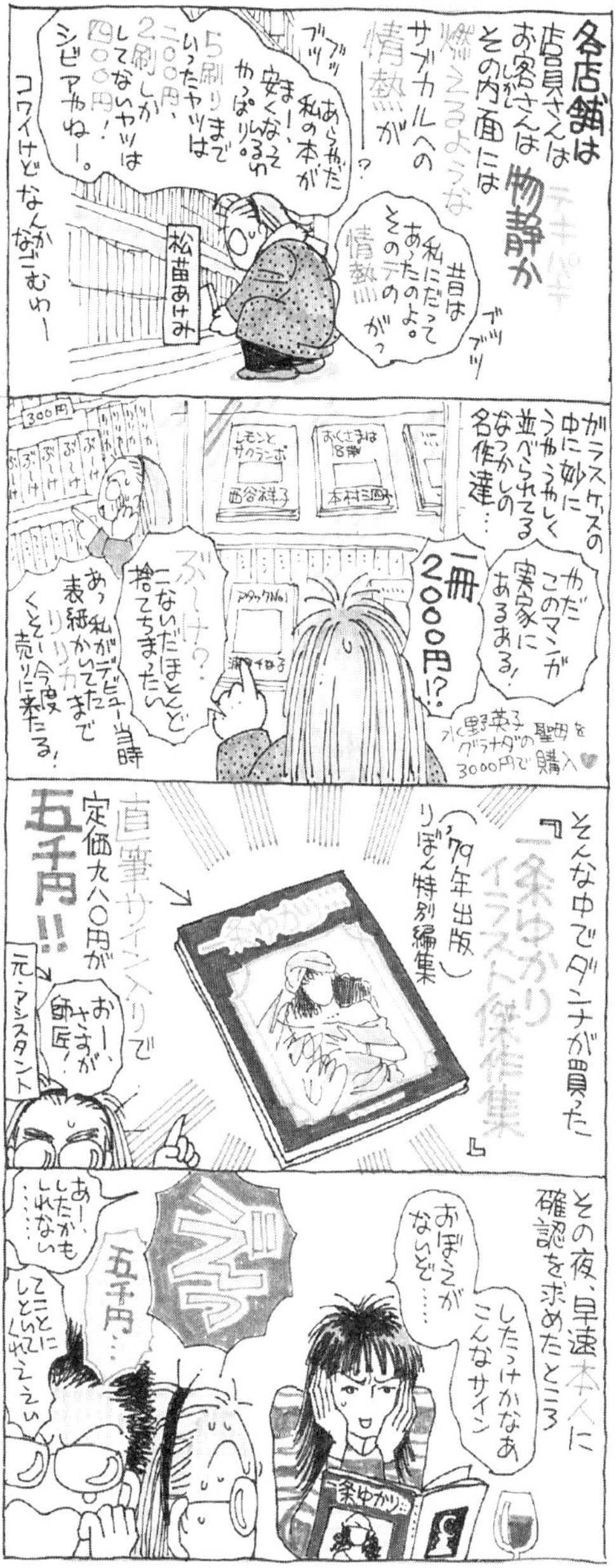
各店舗は店員さんはお客さんは物静か
その内面にはサブカルへの燃えるような情熱が――？
昔は私にだってあったのよ。そのテのの情熱がっ
ブツブツ
ブツブツ
あらやだ私の本が安くなってるわ やっぱり。
5刷りまでいったヤツは二〇〇〇円、2刷りしかしてないヤツは四〇〇〇円！シビアやねー。
コワイけどなんかなごむわー
松苗あけみ
ガラスケースの中に妙にうやうやしく並べられてるなつかしの名作達…
レモンとサクランボ 西谷祥子
おくさまは18歳 本村三四子
300円
ぶーけ
やだこのマンガ実家にあるある！
一冊2000円!?
ぶーけ？
こないだほとんど捨てちまったい
あっ私がデビュー当時表紙かいてたりりかまでくそー今度売りに来たる！
水野英子 聖母を グラナダの 3000円で購入
そんな中でダンナが買った
『一条ゆかりイラスト傑作集』
（'79年出版 りぼん特別編集）
直筆サイン入りで定価九八〇円が五千円!!
おー、さすが師匠！
元・アシスタント
その夜、早速本人に確認を求めたところ
おぼえがないぞ……
したっけかなあこんなサイン
あー、したかもしれない……
五千円…
したことにしといてくれええい
一条ゆかり

街には、ちょっと薄味の「まんだらけ」がちょうどいいのだろう。

原稿を書きながら、ＨＰに記された会社沿革の資料を眺めてハッとした。中野ブロードウェイ内に2坪のまんが古書店を開いたのが昭和55年、2坪↓9坪↓20坪と拡大し、資本金二百万で株式会社になったのが昭和62年……これは、同じ55年にライターとしてデビューし、5、6年後、「新人類」などともちあげられるようになった僕の足跡と、見事に一致する。僕が〝鉄腕

アトムのシールのネタ〟でメシが食えるようになったのも、「まんだらけ」の成長も、同じ時代の流れのなかにあったのだ。

あのとき原稿書きなんかじゃなく、こういう商いの道に進んでいたら、いま頃オレもマザーズに株式上場する経営者になっていたのかもしれない……などと想像すると、やられた！という気分になってきた。

その後の穴7　まんだらけ

レンタルショーケース大流行！ その理由は……!?

「まんだらけ本店」のある中野は、今やオタク＆サブカルな人々が集う街として秋葉原に次ぐ知名度を得るようになった。もちろん、「まんだらけ」自身の安定した人気がそれに大きく貢献していることは間違いない。地下1階、地上4階建ての「中野ブロードウェイ」のテナントを軽く20店舗分以上も使って展開するその勢いに、いったい他店はどのように対抗しているのだろうか？　再訪して確かめてきた。

土曜日の夕方、JR中野駅の北口からアーケードを抜けて「中野ブロードウェイ」に入ると、エスカレーターで「まんだらけ本店」のある3階に向かった。予想通り、オタク系の客でどの店もかなりにぎわっている。ぐるりと見て回ったが、ここの店構えは以前とあまり変わらなかった。ただ、そんななかにいくつか気になる店舗が出現していた。それは「レンタルショーケース」と総称される（らしい）、ガラスで区切られた小さな陳列ブースがひたすら並んでいるだけの店である。なかを覗いてみると、「まんだらけ」にあるようなアニメやマンガのキャラクターのフィギュアと小物がびっしりと並べられて、客がじいっと見つめて品定めをしている。ブース以外にはレジが一つあるだけで、店内にはほとんど物音もしない。こういう店やコーナーが、なぜか10軒くらい増殖しているのだ。これはどういうことなのだろうか？　ひょっとすると「まんだらけ」でマニアが買いすぎたものを、下取りに出すより高価で売り払うために始めたビジネスなのかもしれない。だとすれば、これは「まんだらけ」が生んだ二次産業だ。しかもこの定着ぶりから判断するに、ブースを貸すだけの店主でも結構な収入になるのだろう。つまり、いまやインターネットで日常的に行われていることではあるが、誰もが自分だけのミクロな「まんだらけ」を開設できるようになった、ということなのかもしれない。相変わらず一般人にはさっぱり理解できないだろうけど。

（編集部）

5年後も繁盛してる予想確率　75　%

第八の穴　横浜、箱庭のカレー街を覗く

横濱カレーミュージアム／東大門市場
2001年5月

この数年、「テーマパーク型ショッピングモール」といった風な商業施設が、ちょっとしたハヤリになっているようだ。たとえば、地中海沿岸のリゾート都市を模した館内に、ブティックやレストランを並べた「ヴィーナスフォート」（青海・パレットタウン内）とか、先頃晴海にも「トリトンスクエア」という、似たようなショッピングモールがオープンした。

台場の「デックス東京ビーチ」の館内には、二つのフロアーを使って〝香港〟の町並を模した中華街（台場小香港）が設けられている。キッチュなネオン看板や、香港の裏町を思わせる汚れた壁などをわざわざ配置して、旧啓徳空港近くの市街を象徴する飛行機の爆音などを時折鳴らして、演出を施している。

こういった物件の発端は、1994年、新横浜駅近くにオープンした「ラーメン博物館」ということになるだろう。吹き抜け2階仕立ての館内を、〝昭和33年頃の繁華街〟というテーマで装飾し、なかに全国各地のラーメンの名店を配置した。レトロな昭和30年代の町並と、ラーメンという庶民的イメージの食ネタが、うまく合致したところもあったのだろう、ラーメン博物館は大成功を収め、いまも休日には観光客の長蛇の列が生じている。このラーメン博物館の成功以来、行政機関の郷土資料館あたりでも、昭和30年代風の町並セットを設置するところが目につくようになってきた。

テーマは「昭和30年代」にしろ「南イタリアの港町」にしろ、現実から逃避した〝物語空間〟のなかで買い物や食事を愉しみたい、ということだろう。つまり、こういったテーマパーク型のショッピングモールがハヤるということは、裏を返せば、いまの現実の都市景観に魅力がなくなった……といえるかもしれない。

さて、そんなラーメン博物館を当てた横浜に、近頃また一つ「横濱カレーミュージアム」という物件がオープンしたという。ラーメン博物館は新横浜だが、こちらカレーのほうは横浜の真の中心街・伊勢佐木町にある。僕ら面々は関内駅に集合し、駅西方の伊勢佐木町へと向かった。

伊勢佐木町といえば、僕の世代は「アー、ハーッ」の溜め息声が印象的な青江三奈の和製ブルースを思い浮かべる。東京の人間から見て、元町のようなシャレたイメージは乏しく、若い頃もこの界隈の店に寄った経験はない。歌に描かれたような、古いスタイルの繁華街のなかに、一見ポケモンに似た可愛い象のシンボルを飾ったカレーミュージアムのファサードが見えた。玄関先に、インドの民族衣装を着飾った、日本人ギャルの従業員が立っている。

ミュージアムは7、8階のフロアーで、下の階にはゲームセンターやパチンコ屋が入っている。町並の雰囲気から察して、ここの前身はパチンコ屋、かもしれない。

カレーミュージアムは、吹き抜け式の2階分を使って、全体的には、〝豪華客船の内部〟という設定になっているようだ。但し、通路には「福神通り」とか「異人館通り」といった名が付けられ、船内でありながら、カレー屋が並ぶ港町のイメージも兼ねている、そんなコンセプトだ。

港、船、といった横浜の土地性を盛りこみたかったのだろうが、ある固定した町の雰囲気が描かれているラーメン博物館や台場小香港などにくらべると、テーマの設定がハッキリしない。通路の一角には、一応昭和30年代趣味も取りこみました……とばかりに、往年の「ベルカレー」

や「SBモナカカレー」などの和製即席カレーのパッケージを展示したコーナーもある（ま、個人的には懐かしくて、しばらく見入ってしまったが）。

ともかく、なんとなくカレー的なムードを表現してみました……そんな間口の広い空間デザインである。

横浜カレーミュージアム
大人気ラーメン博物館と
真向勝負の
立派なエントランス
でも パチンコ店の 7・8F なのねー
あのマスコットのゾウさんてポケモン似…
シーッ
エレベーターで7Fに上がると入口ではサリーのお嬢さんがニッコリ（日本人？）
店内ではカレーにまつわる歴史を紹介
懐しい看板もいっぱい！
オリエンタル
エスビー
学校給食でカレーライス出ましたよね え？知らない？
同世代だろー
モナカカレーって知らなーい
やっぱり世代差ね
あ みなさんはカレーシチューとコッペパンの世代か
モナカカレー懐しいー
ラーメン博物館と違ってハーフサイズメニューがどの店でも用意されてるのはGOOD
ハーフサイズでも量は充分
新担当で若いF氏はキッズカレーを
甘い…
お子ちゃまは甘カレーでいいの
新宿の中村屋のコールマンカリー
神保町のボンディ
麹町のアジャンタ
吉祥寺まめ蔵のカレー
このあたりの店が入ってるとウレシイ。あ、でもここはヨコハマか
失礼
私の提案
それにつけても本場のカレーに近い店の方ががら空きで日本人向けに和風アレンジされたカレーの方が人気とは何ゆえ？
日本人てホントにカレー好きなのかなあ…
空いてる店はゴハンがちょっと…
カレーの味より米の差か！
納得かな
日本人はやっぱりごはんに合うカレー
とーぜん
人気一番海軍カレー

さて、何はともあれ、カレーを食べたい。館内には、インド、欧風、タイ、日本……、名誉館長のカレー研究家・小野員裕氏が全国各地からチョイスしたという、7軒の名店が収容されている。

まずは〈20分待ち〉の表示が出た、「スパイスの秘境」という店の列についた。

「名古屋カレーの草分け的老舗。歯ごたえと旨みの凝縮した鳥肉を使ったチキンカレー。香辛料の鋭利な香りと、ほのかな香味、かすかな酸味が渾然一体となった秀逸の味わい」と、チラシに解説がある。〝名古屋カレー〟というジャンルが存在するとは知らなかったが、名古屋には、俗に〝名古屋スパ〟と呼ばれる炒め式のスパゲティーとか、喫茶店のモーニング・オプションに付く〝小倉トースト〟とか、スガキヤのラーメン……などなど、B級料理の逸品が多い。そこに魅かれた。

豚肉好きの僕はポーク、松苗嬢はチーズ、松苗さんのダンナはチキン、今回から担当編集者になったFは、最後に残った〝子供向け甘口カレー〟をシブシブ注文する。

ミソカツなどの印象から、僕は好みの脂身のついたポーク肉を想像していたのだが、残念ながら淡白な肉片だった。他のを少しずつ味見させてもらうと、カレーソースの味は各々異なる。やはり、解説にあったチキンは、肉の旨味がソースとうまく調和しているようで秀逸、と感じた。

「スパイスの秘境」にはハーフサイズのメニューがあったので、皆それにして、もう一軒、寄ることにする。ぐるりと廻ってみたが、和風カレーをウリモノにした「パク森」という店の前には、最も長い列ができている。結局、「スパイスの秘境」の隣で、寂しそうに閑散とした店内

を見せている「ハヌマーン」というところに入ってみた。

「三種類のスパイスでこれほどのカレーソースを表現した店は稀。鋭利なスパイスの芳香、塩気のバランス。また四種類のスパイスで炊き上げられた極めつけのライスが、このカレーソースをきらびやかに彩る」

ここの解説はこうだが、ショーケースにも大きな骨付きチキンを浮かべた、なかなかうまそうなインド式カレーが飾られている。

厨房に見えるのはインドの料理人で、民族衣装を着たウエートレスのなかにも、現地風の顔立ちをした娘さんが一人いる。

僕はマトンの中辛をもらったが、肉もなかなか食いでがあって、マトンの旨味と臭味がちゃんと出たソースの味もイケる。ジンワッと効いてくるスパイスの辛さも本格的だ。4種のスパイスで炊いたというライスは、パラパラとしたインド米のようだった。

ハヌマーンの名は、ヒンドゥー教の猿の神に由来する。

「昔、ホンゴーのほうにアリマシタ……」

と、インド人のウエートレスがカタコトの日本語で説明したとき、カレー通の松苗ダンナが「あぁ…」とひらめき声をあげた。かつて本郷にあった〝伝説の名店〟らしい。

僕ら4人の舌鑑定では、先の「スパイスの秘境」より、こちら、「ハヌマーン」のほうが数段上、という意見がまとまった。ま、料理のなかでもカレーの味には、とりわけ嗜好の格差があるものだが、隣の行列に対して、こっちの閑散状態はちょっと納得がいかない。

台場小香港でも、心ある大人が一見して、どうみてもさほど大したもんではない、と思われる〝回転点心屋〟の前ばかり、いつも若者の長蛇の列が生じている。

こういった〝観光地スポット〟の場合、本格的な趣きが見えると、かえってダメなのかもしれない。ファミレスや回転寿司屋のような、間口の広そうなムードのところのほうが、安心するのだろう。また、一旦行列ができたところに、それだけを頼りに人がつく、といった習性が根づいている……そんな推理も浮かぶ。

つまり、店の内容よりも、「列」が情報、ということだ。カレーの味よりも、とりあえず観光やデートでやってきた客が大方なのだろうから、それはいたしかたない。

ところで、ここは〝ミュージアム〟とあるように、カレーの歴史や様々なカレー料理に関する展示物もなかなか充実している。館内を巡り歩いて、所々に隠された暗号を頼りに〝ナゾのスパイスの正体を割り出す〟なんていうゲームを愉しむこともできる。

入館料はタダだから、テーマパークと考えれば、良心的なスポットと言えるだろう。

この日はもう一ヵ所、みなとみらい地区の一角にできた「東大門市場」というスポットを探訪するプランになっていた。

東大門――はソウル市街に存在する広大なマーケットの名だが、ここはその名を冠に掲げた、いわゆる〝激安ショッピングモール〟で、従業員も在日の韓国人女性たちで統一されている。現地と同じように、値切りのやりとりができる、ということで、生活情報番組などでも何度か取りあげられた。

映画館（マイカル・シネマズ）やブティック、カフェなどを収容した「ワールドポーターズ」というビルの最上階。本場ソウルの東大門市場を思い描いて、ごちゃっとしたマーケットの景観を想定していたら、デパートの〝コケた催し物〟みたいな、寂漠としたスペースが広がっていた。がらーんとした空間に、衣料や小物の店が軒を並べている。百余りの店が入ってはいるものの、区画が面白味のないマス目状で、また通路の幅もだだっ広い。この日は平日ということもあるのか、客の姿がほとんど見あたらない。閑散としたなかに、ジュディ＆マリーの曲が延々と流れ、暇そうな店員がカタコト言葉で口ずさんでいた。

日本では珍しい〝半袖の革ジャン〟が１９６００円の値札を付けてぶらさがっていた。「１５０００円でイイヨ、コレまだ一つも売ったことナイヨ」と、店のオネエちゃんが、妙な自慢をしていた。

商品の値は、値切れるにしても、近頃のユニクロ系の店とくらべて、さほど安いものでもなく、またオヤジが一見しても、〝イケてるセンス〟のものが乏しい。これではやはり厳しいだろう。

出店の規約上の問題もあるのだろうが、食関係の店がまるでない、というのも、〝市場〟としては寂しい。迷路状の通路のなかに、チヂミやキムチなどの露店を出して、本場韓国の市場風テーマパーク、に作り上げれば、もっと観光客を呼びこめると思うのだが……。

せっかく「東大門市場」というおいしい銘柄名をもらったのだから、もう少し工夫を凝らして欲しいスペースである。

その後の穴8　横濱カレーミュージアム

やっぱりラーメンには勝てないのか

長引く不況と関係があるのかないのか、テーマパーク型ショッピングモールの人気は衰えない。食に関するものだけでも、既に全国にかなりの施設がある。そして、実はその大部分が「ラーメン」なのである。94年開館の「ラーメン博物館」から始まったムーヴメントは、「ラーメンスタジアム」に「ラーメンアカデミー」、さらに「ラーメン国技館」にまで広がっている（もちろん、やっていることはみんな同じだ）。そんな状況のなかで、「横濱カレーミュージアム」は単なる亜流テーマパークの一つとして、すっかり影が薄くなってしまった。真似して「カレー」で勝負するところも登場していない。

小雨の降る平日の午後、関内駅から歩くと、エントランス前の立看板を警備員が厳粛に見張っている。どう見てもそこにはインド人女性のイラストが微笑んでいるだけなのだが、何かいたずらでもあったのだろうか？　直通エレベーターに乗り込むと、液晶パネルのなかから謎のインド人が「ようこそ」という前口上を述べる。相変わらず入場料はタダなので、周囲の繁華街から遅い昼食をとりに来ているような人も多い。現在殿堂入りしている店は３店。パク森、伽哩本舗、そして連載時に全員が絶賛していたハヌマーンである。何店か入ってみたのだが、安いハーフサイズもあるとはいえ、単価で1000円前後のカレーは気軽に食べまわるにはやや高い。ラーメンほど客足が伸びない理由は、やはりそこなのかもしれない。

ついでに「東大門市場」のあった「ワールドポーターズ」にも足を伸ばした。６階の特設スペースに向かうと、翌日からの「イタリアフェア」らしきものの準備中で、ワインやらチーズやらが並べられていた。他のフロアも見て回ったが、いまいち垢抜けないテナント群と、地方の駅ビルっぽい大雑把なレイアウトが相変わらずで、どうも客足は鈍そうだ。みなとみらい線と直結して連日大繁盛の「クイーンズスクエア」を「ラーメン博物館」だとすれば、ここも結局「カレーミュージアム」的ポジションなのであった。　（編集部）

５年後も繁盛してる予想確率　**30**　％

第九の穴　真夏のロックフェス観賞

ロック・イン・ジャパン・フェス@茨城
2001年8月

上野駅の常磐線ホームに入るのは久しぶりのことだ。ここは昭和30年代の高度成長まっ只中の頃、東北の若者たちを乗せた集団就職列車が入りこんできたホームである。

そんな集団就職全盛の頃にハヤった、井沢八郎の「ああ上野駅」（昭和39年）のメロディーをふとハミングしつつ、9時発の「スーパーひたち11号」に乗りこんだ。目的は茨城の「ひたち国営海浜公園」で開催される「ロック・イン・ジャパン・フェス・2001」の2日目。当ロッキング・オン社が昨夏から主催している、ジャパニーズ・ロックのフェスティヴァルである。

水戸の先の勝田で列車を降り、駅前から会場へ向かうシャトルバスに乗車する。車内は、20歳前後の若い男女で満杯だ。今回は、松苗画伯が体調を崩して来られず、僕と松苗画伯のダンナ(マネージャー)の二人で、乗りこむことになった。周囲を一見して、どう見ても僕らが〝最高齢カップル〟である。

若者たちのスタイルは、Tシャツ+短パン+スニーカー、というのが大勢を占めている。そして、さらに細かくいうと、スニーカーは〈スタンスミス〉に代表されるローテク系(クラシック・タイプ)が目につき、また、その下のソックスはおよそ八割方、昨今ハヤリの〝クルブシ下の丈〟のものだ。

猛暑のなかの野外コンサートゆえ、僕も当初〝短パン〟を考えたのだが、あの俗に「スニーカーソックス」と呼ばれるクルブシ下の丈のものを持っていない、ことに気づいて断念した。そもそもあの新型の靴下は、なんだかスニーカーの下に力王足袋を履いているようで、もう一つ好きになれない。40を過ぎた男が、そう安々とクルブシを晒してはならない——というポリシーもある。かといって、短パンの足もとにシャキッと通常ソックスを見せて、若いもんから瞬時に「オヤジ」とふるい分けされるのも面白くない。結果、足もとが目立ちにくい、無難なコーデュロイジーンズを採用することになったのだ。

しかし、20年も前のロックフェスの客というと、モヒカン頭がいたり、ロンブーや甲に鉛の入った安全靴を履いたのがいたり、アナーキーな一派が目についたものだが、随分おとなしくなったものである（ま、フェスの性格にもよるのだろうが……）。

バスは会場のゲートの真ん前に到着した。受付でリストバンドを手首に装着し、場内へと入る。一帯は、広大な緑地公園のなかに、観覧車やジェットコースター……などの遊戯施設まで設けた、ちょっとした〝テーマパーク・リゾート〟といったスペースで、先にも記したがコレで国営の公園というのが意外だ。

ゲートから近い、人工湖の畔に〈LAKE　STAGE〉という会場があって、こちらでも7組のアーティストのライブが催されるのだが、僕らはとりあえず、奥の〈GRASS　STAGE〉へと向かうことにする。

林のなかの通路を抜け、北関東自動車道の架橋を渡り、観覧車の横を通過すると、その先にGRASS　STAGEが要塞のような佇まいを見せていた。ゲートからここまでは、1キロくらいあるだろうか……。この日も相変わらずの炎天だが、会場のすぐ向こうの海から時折吹きつけてくる潮風が、汗の滲んだ肌に心地よい。

11時をちょっと過ぎて、一番手の「ゆず」のステージがちょうど始まったところだった。

ＧＲＡＳＳ　ＳＴＡＧＥはその名のとおり、ステージの前方に広大な芝生が広がっている。前のほうの客はスタンディング、後方はシートなどを敷いて、ピクニック気分で眺める——といったスタイルになっているわけだが、こういう草地に観客が散らばってライブを愉しんでいる光景、というのはいい。僕らの世代は、中学生の頃に音楽雑誌のグラビアで初見した〝ウッドストック〟や〝中津川フォークジャンボリー〟の絵をふと思い浮かべる。とりわけゆずの楽曲は、当時の和製フォークの世界に通じるところもあるので、僕は何か妙に懐かしい気分になった。

彼らのステージがハネて、前列のほうから、まだ幼な気な顔立ちをしたローティーンの女のコたちが売店のほうへと散っていく。他のバンドの客は、彼女たちのことを「ゆずっコ」と、「おこちゃま」的なニュアンスで茶化しているようだ。但し、マルチスクリーンで一見した「ゆず」の風体は、ひと頃にくらべて随分タフな雰囲気になった……という印象を持った。

さて、続いて登場した「ＢＡＣＫ　ＤＲＯＰ　ＢＯＭＢ」は、先の「ゆず」とはガラリと性格が異なる。担当編集者のＦは、「エアジャム系って呼ばれてましてね……」などと説明したが、そういう細かいジャンルの区分というのは、よくわからない。簡単にいえば、いわゆる〝タテノリ系ロック〟に〝ヒップホップ〟が合体した、という趣向のものだが、レゲエやスカのサ

第九の穴①

真夏のロックフェス観賞

第九の穴②

真夏のロックフェス観賞

ロックインジャパンフェス
今、現在ニッポンのロックシーンにおいて最大にして最高の意義を持つ邦楽の祭典ー
広くてキモチイー！海風が
やっぱ夏のライブは野外でしょお
今年は晴れてよかったぁ～
去年は台風で中止だ
→2日めに
渋谷社長のおわびステージが涙を誘ったもんね
本当にこんな豪華なメンバーが一堂に介した夢のステージが観れるなんて
SIGHTの仕事してて よかったぁ
うっうっ
今年45才なのにこんな若者の祭典に来れて
うっうっ
おばちゃん感激でもぉっ
ROCK IN JAPAN
45才にしてこの熱狂はどうよ?!
生ゆずだぁーっ
キャー
バクドロップボムかっくいーっ
民生すでにシブイーっ
まだまだ若いモン
生ミスチルが今私の目の前にいるぅっって
トライセラの和田クンかわいー♥
1/8フランス人 やっぱさすが
…できたらよかったんですけど
お前当日ドタキャンしたろーっ
ダンナの手
別のマンガ雑誌の仕事してました
前日までに終わるハズだったんですけど
おっと体調崩したことになってたんだっけ
表向きは～
あっ はい すんませんっ
そーです 実は私行ってません
やっぱつらいていけないわよ今年45才のおばちゃんだもの～
WOWOW ジャパンロックフェス ライブ中継

ウンドが入りこんだ曲もあったり、なかなか幅が広い。

まぁこのコラムの読者が、僕に〝音楽評論的〟な文章を期待しているとも思えないので、娯楽性のほうに目を向けよう。

タテノリの観客の渦のなかで、やがて〝ダイブ〟が始まった――。

小さなライブハウスでは、水泳の飛び込みの如く、下の客溜りに向かってダイブする――というやり方があるけれど、ここはステージとの間にフェンスがあって、米軍から仕込んだというマッチョな黒人警備員たちがその向こうに立ちはだかっている。

ここのは〝ダイブ〟というよりも〝胴上げ〟に近い感じのスタイルだ。周囲の客の肩などにつかまって、群れのなかからせり上がってきた男を、まわりの者たちが運動会の大玉転がしのような感じで、数秒間ほど挙げた手の上で転がしてやっている。

右のほうで発生したかと思うと、こんどは左のほうで……。何か、一種規則的な儀式のようにも見える。地方の祭りで、ヤンチャそうな若衆が神輿の上に入れかわり立ちかわり、よじのぼって気勢を上げる……といった光景がよくあるが、ああいった日本古来の祭りのテイストも感じられる。そして、担ぎ上げられた者たちは、最前列のほうへと転がされ、フェンスの向こう側に着地して、警備員たちの横をすりぬけてまた会場へ戻ってくる――というのが一つの定型コースになっているようだ。周囲の客の協力のもとに、ダイブが成り立っている、というのもなんだか面白い。

会場の周縁には、スナックフードを出す露店がずらりと並んでいる。よくあるヤキソバやタコヤキの類いだけでなく、トルコ人がやっているシシカバブの店や、インド人の家族による本格的なカレーや、タイフードの露店も出ている。いまどきのこのあたり（茨城南部）は、周辺の工場で働く中近東やアジアの住人が多いのかもしれない。彼らトルコやインドの従業員の人たちに、こういうジャパニーズ・ロックのフェスティヴァルが、どんな印象のものに映っているのか……興味深い。

タイ風ヤキソバ、トネルケバブ（シシカバブの肉をパンにはさんだもの）などの昼食を済ましたあと、2時近くから「TRICERATOPS」のステージが始まった。

最近のアーティストのなかでは、贔屓《ひいき》にしているグループである。ポップなメロディーラインと、ボーカルの和田クンの甘い声質に、僕はビートルズの蔭に隠れていたような、リバプールのアイドルバンドの世界を想起する。

「ナンカ、スッゲー、キモチイイヨ！」

感覚的で、ちょっとバカっぽいMCを聴いているとき、前夜にTVで久しぶりに観た田原俊彦の若い頃の姿、も一瞬重なり合った。

〝ボーイズ・タウン・ギャング（君の瞳に恋してる）〟のカバーは、そんな雰囲気の彼らにとてもよく合っている、と思った。この曲は十余年前、バブル最盛期のディスコでよく流れ、当時の〝ヤンエグ〟や〝ボディコン女〟たちは、「フュイフュイ」と妙な奇声を上げながら御立ち台の上で踊っていたものだが、ここの客層はもうひとまわり下の世代で、さすがにフュイフュイの奇声は聞こえてこない。

そして僕は、この日和田クンが着ていたサメ柄の赤いTシャツがいたく気に入って、売店で若いギャル客を押しのけて、買ってしまった。

当日、唯一「JJ72」というアイルランドの洋モノバンドが参入していた。他の日本のバンドのように、客ウケするMCをハサむこともなく、ただ黙々と重いロックバラード調のナンバーを演奏しつづけている。そして、エンディングでリードボーカルの男は、客にソッポを向いたままアンプからギターコードを引っこぬき、パツン！とギターをアンプにぶち当てて、そのまま袖へ消えてしまった。

アレは客のノリに怒っていたのか、あるいは決まりの演出なのか……ともかく、僕はそのシーンに、ありし日の〝攻撃的なロックバンド魂〟のようなものを感じた。やはり、こういう不機嫌そうなバンドが一組くらい混じっていてくれなくては困る。

この日のトリは「Mr.Children」だったが、残念ながら仕事の都合でそこまで滞在する時間がない。ラスト前の「奥田民生」まで観賞することにした。

登場予定時刻の5時半を過ぎて、観衆は一段と多くなってきている。奥田のファン世代になると、小さな子供を抱きあげた母親のグループも見られる。母親、といっても、風体から察して僕よりも10歳や15歳下の年代なのだろうが、子連れの姿を見るだけで、「こっちの仲間」に思えるから不思議なものだ。

僕の目の前には、背に似たようなリュックをしょった〝仲良し女子大生トリオ〟みたいなのがいて、傍らにいる男3人組に向かって、トリオのなかで一番ルックスに自信あり……と目される女が「写真を撮ってくれ……」とインスタントカメラを差し出した。

何か、往年の〝キャンプファイヤーの夜〟を思わせる、そわそわするような光景である。そんな接触をきっかけに、男グループと女グループの間に会話の花が咲き、やがて向こうに見える観覧車のなかへ一組ずつペアで……なんて展開を想像していたら、野暮な男3人組は写真だけ撮ってやると、なんのアクションを起こすこともなく、少し離れた所へ移動してしまった。

まもなくステージには奥田民生が現われ、「……がんばります」、ぼそっと一言あいさつすると、1曲目の「哀愁の金曜日」が始まった。

3曲目で目当てにしていた「イージュー★ライダー」となった。

長い夏の陽が暮れかけた、薄暮の野外会場でこの曲を聴くと、四十男も思わずセンチメンタルな気分になる。

♪僕らの自由を……僕らの青春を……

彼ら3人組のグループたちは、あの後うまくいったのだろうか……帰路の常磐線のなか、こびりついた「イージュー★ライダー」のメロディーにのせて、そんなことをぼんやり考えていた。

その後の穴9　ロックフェス

大人も集まる巨大イベントへ

当ロッキング・オン社企画制作の「ロック・イン・ジャパン・フェス」は、今年で開催7年目を迎える。スタート時点では「開催2日間、延べ動員6万人」だったイベントだが、2005年には「開催3日間、延べ動員13万6千人」にまで規模を広げた。音楽業界を覆いつづける重苦しい不況のなかで、この成長ぶりはいったいなんなのか。再訪して確かめてきた……と言いたいところだが、これは編集部が全員、毎年汗水を垂らして参加する業務である。ちょっと身内びいきの感もあるが、その後何が起こっているのかリポートしたい。

まず、第一回目の2000年は2日間で16組だった出演アーティストが、3日間で97組にまで増えた(2005年度)。一定料金で多くのパフォーマンスが観られるのがフェスティバルの魅力の一つだから、よりお買い得感は増したことになる(ただし、第一回目では一つだったステージが2005年には3つに増えて同時進行しているので、必ずしもお目当てのアーティストすべてを観ることはできない)。

そして、それに伴ってお客さんの層が広がった。ステージ前で熱く盛り上がるのは相変わらず〝タオル〟と〝くるぶし丈ソックス〟を着こなす若者たちだが、後方のテント・エリアには家族連れがずいぶん増えた。ちなみにお客さん全体の平均年齢は26歳。ティーン中心の印象からするとなんだか意外だが、ロックフェスそのものをアウトドアの一環として余裕を持って楽しむ大人が増えたのである。そして、そんな大人たちが口を揃えるのが当フェスのインフラ整備の良さ。無用な行列や混乱が起きないように計算された会場設計、そして潤沢な数の簡易トイレと洗面台。こうした当たり前の配慮こそが、実はこれまで求められていたことなのだろう。そういうわけで、当フェスには大人のリピーターが実に多い。これを読んでいるあなたも、ぜひ一度いらしてみては?

(編集部)

5年後も繁盛してる予想確率　70　%

第十の穴　宇都宮に「渋谷」がやってきた

宇都宮ギョウザ／109宇都宮
2001年11月

渋谷の街は時代によって、若者たちが集中するポイントが移動してきた。終戦直後、現在の「109」の裏方あたりに「恋文横丁」と呼ばれる一角が発生した。進駐軍の米兵と交際する女性のために、英文のラブレターを代筆する店が建ち並んだことからその名が付いたというが、その西方に戦前から栄えていた「百軒店」の界隈と合わせて、以後60年代頃までは、道玄坂周辺の領域がにぎわいを見せていた。

僕が高校2年生だった73年、渋谷区役所のほうに上っていく坂道の中腹に「パルコ」が出現する。オープンの広告コピーに使われた「公園通り」がそのままこの坂道の名として定着し、数年前まで民家が続いていた沿道に次々と喫茶店やファッション店が増殖していく。僕はまさに、パルコの公園通りとともに青春を過ごした世代と言っていい。

そんな70年代後半、若者たちから見放されてうらぶれた印象のあった道玄坂に、79年、東急が巻き返しを図るべく「109」を建てる。道玄坂と東急本店通りとが枝分かれする二股の角。かつて、恋文横丁への入り口になっていた一角である。開通したばかりの新玉川線(現・田園都市線)への入路がビルの真下に設けられたこともあって、ここは遠く町田や相模のほうから渋谷へやってくる、子団塊世代のギャルたちの〝受け皿〟として発展していく。とりわけこの10年来は、ルーズソックス、厚底ブーツ……ガングロなどのメイク術まで含めて、日本列島のギャル・ファッションの流行は、ここ109のショップから発信される——といったシステムができあがりつつある。

僕ら〝パルコ世代〟には馴染みの薄い物件ではあるけれど、ま、いまどきの渋谷の象徴ともいえる109が、宇都宮にオープンしたという。北関東の周辺からやってきた若者たちで、連日盛況を極めている……なんて噂を担当編集者のFが聞きつけてきた。とはいえ、宇都宮くんだりまで、わざわざ109を見物に行く、というだけでは気も進まない。

そこで、ギョウザだ。宇都宮にはギョウザという名物がある。これをオプションに付けて、今回の宇都宮取材のプランは成立することになった。

新幹線を使えばあっという間の距離だが、多少の時間をかけて旅気分を味わってもらおう、という計《はか》らいか、あるいは単なる〝経費節約〟のためか、Fは在来線での行程を固めてきた。在来線ではあるが、上野駅から乗った宇都宮線の列車には「快速ラビット号」という名が付いている。ラビット号は関東平野を北進し、およそ1時間半かけて宇都宮駅に到着した。同じ北関東でも、群馬の前橋や高崎のように山が近くない。のっぺりとした平野が続いたままなので、時間の割にあまり遠くに来たという印象がない。

すでに昼の1時を過ぎて、腹が鳴っている。まずはギョウザだ。駅前から続く一直線の広い通りを10分ほど歩いた右手のブロックに、ギョウザの名店が何軒か固まっている。固まっているといっても、横浜中華街のような大規模な〝ギョウザ屋街〟が形成されているわけではない。大通りの裏筋に、ぽつぽつと3、4軒の店が散在している、と表現したほうがいいかもしれない。

当初、目当てにしていた「みんみん」の前には、パッと見、50人ほどの長い行列が生じていた。実はこの店はすでに二度ばかり訪ねたことがある。ということで、少し手前の「正嗣《まさし》」に入ることにした。こちらも10人ばかりの列ができていた。「みんみん」のほうは中高年や家族連れが目につくが、「正嗣」のほうは若い男女の組ばかりである。

戸口に貼り出された、ギョウザの値を見て一瞬目を疑った。焼ギョウザ、水ギョウザ、ともに1皿・170円。東京の通常の店のほぼ3分の1だ。運ばれてきたギョウザは、最近ハヤリのワンタンみたいな小ぶりのやつではなく、7センチくらいの平均的なサイズだ。それが5個入って170円、というのは、やはり安い。アンも肉でぴっちり詰まって、独特のショウガの風味が効いている。「焼」のほうは、これをトウバンジャンのタレに付けて、食す。

「こういう寒い日はね、そのタレを水ギョウザのスープにちょびっと垂らして飲む。あったまるよ」

店主に指示されて、そうやって水ギョウザを味わってみたが、実にうまかった。ここの店主は、一見コワそうに見えるが、なかなか気遣いのはたらく人なのである。帰りがけに焼いてもらったミヤゲ物のギョウザを、僕が何気なくリュックに入れてしょいこむと、「ダメだよ!」と背後から怒鳴られた。

横にするとギョウザの皮同士がくっついてしまう。手提袋に入れたまま、気を付けて持って帰れ、と指摘された。

ちなみに、宇都宮のギョウザは、いわゆる町おこしとして即席で産出されたような新名物、と数年前まで思いこんでいたのだが、それなりの歴史がある。戦時中、満州に派遣された軍の本部がここにあったことから、戦後帰還してきた人々によって、ギョウザの店が増えていった。

つまり、もはや50年余りの歴史を持つわけである。

さて、ギョウザで腹を満たした僕らは、二荒山神社向かいのパルコの横から、オリオン通り

『シブヤ大移動』の
フレーズとともに
宇都宮にやってきた
コギャルの殿堂ファッションビル
109《マルキュー》
タタン
タタタン
ガタン
タタン
快速
ラピッド号で
関東平野
を突っ走ること
一時間半
…ほんと山も丘も何もない…
もしかしてこれはルート66？・サンホセへの道？・
しかし宇都宮は今や
日本一のギョーザの街
（らしい）
一人当たりの年間ギョーザ摂取個数日本一
『駅前広場にはギョーザの女神像』
だってあるのだ！
ギョーザの皮をまとったビーナスだとか…えっと…
しかし正直いって某餃子店の店先のギョーザマスコット
君の
ほうが子供受けするると思うのだが
行列で有名な
『正嗣《まさし》』の
ギョーザ
焼き餃子
水餃子
この2品しかメニューがないってことはいかに味に自信があるかという証拠
中身は野菜がよく練られていてギッシリ詰まってショウガもよくきいててとにかく
うまあぁいっ
あつあつスープ
170円
こっちも
なんと170円
（しかも税込み！）
こんなに美味しくて
2皿食べて（これでけっこーお腹一杯）
340円!!
こんな店が近所にああ、あったなら
なにゆえ関東平野を一時間半
そーいや2年前の取材でのNOBU東京では一人2万円のコースを
いや昔話はよそう…
あれで全を使いわせすぎたのね
『ギョーザの正嗣』の方も
いっそのこと東京へ進出してきてほしい
『宇都宮大移動』とか言って
しかも うちのダンナまで

というアーケードの商店街へ入った。ここから東武の宇都宮駅のほうへと続く、アーケードの沿道がこの街随一の繁華街で、若い人の姿も目につく。あたりのショップのスピーカーから、パラパラ系の曲が漂ってくるが、それがいかにもいまどきの地方都市風情を感じさせる。

200〜300メーター歩いた先に、109は存在していた。10月にオープンしたそうだが、そのキャンペーン・ポスターが玄関口に貼り出されていた。

「渋谷大移動」と、コピーがあって、カリスマ店員風のギャルたちが映りこんでいる。なんともストレートな〝呼び文句〟である。

まずは最上階の5階まで上ってみたが、このフロアーには、東京の隅田川以東の町で最近勢力を伸ばす100円ショップの「ダイソー」が配置されている。「109」とはいえ、こういった千住や小岩テイストのテナントまで収容しているあたりが、地方都市の〝懐の深さ〟であろう。

そして、このフロアーにいたとき耳についたのが、プリクラの順番待ち、に関するアナウンス。一角に〝全身サイズのプリクラ〟の装置があって、そこに女子中高生たちの人溜りができている。外のゲームセンターでも同じような光景を見た。この全身プリクラ、渋谷から発信されたブームなのか、宇都宮ローカルの流行なのか……は定かでない。

「EGOIST」「Jassie」……といった109の看板ショップは、ほぼ1階に集中しているようだ。玄関から入ってすぐの各ショップには、本場渋谷から派遣されたか、あるいは渋谷カリスマ店員のDNAからこさえたクローンか……といった風な、バイヤーのお姉さんたちが、ハヤリのタータンチェックの超ミニスカートなどを穿いて、勢揃いしている。

ところで、Fの話では「盛況を極めている」ということだったが、人出はそれほどでもない。

2001年10月6日に華々しくオープンした『宇都宮109』ー
外観がちゃラー
あり？
オリオン通り
元は西武アムスだったという地元アーケードオリオン通りになじんで建つ『宇都宮109』はけっこー目立っていなかった…かもっ.
でも内部はきっと地元のギャルでいっぱいだわ!!
が店内けっこー人口密集度低し
最上階5Fに100円ショップ
4・3Fは古着や小物メンズ
コギャル向け店舗はほぼ1・2Fのみ
ギャル向けよりカップル狙いのビルらしい
れ？
そう、日曜日は地元の宇都宮系《ウツギャル》はラビット号本場の渋谷109に行っちまうらしいのだったっ
というわけでこの日一番目立っていたのは休日であろうとも東京まで行けない子連れ元ギャル美人ママ
「シブヤ」だけじゃなくて今度は「代官山」も来てほしいわ
なんて思ってそう
ミニモニのよーなお子たち
ご試着どーぞー!!
あんたね私にいうかぁそのセリフ
45才
この調子で今に日本中109《マルキュー》が進出するのであろうか？
それには外観はやっぱりコレ！
かって『小京都』や『銀座通り』が全国に波及したように
『シブヤ』や『ダイカンヤマ』や『シロガネ』が出没したりして──？
あなたの街にも
昔のヤツ
渋谷センター街
風景としての渋谷三点セット

わざわざ日曜日を選んでやってきたのだが、案外閑散とした店内を歩きながら、少々拍子抜けした。

そんな環境のなかで、目にとまったのが、小洒落た格好の幼児を連れたヤンママ風の姿である。母子で似たようなラインのトータルファッションをキメて、フロアーを歩き廻っている。見たところ109内には幼児服の店は入っていないから、若い母親のショッピングに、子供もシャレた衣装を着せられてつきあわされている、ってことだろう。そういう母親の風体も、ショップのお姉さんたちとほぼ同じくらい、せいぜい23、24といったところ。

一つには、東京などとくらべて結婚年齢が早い、ということもあるのかもしれない。また、おそらく周辺の小さな町からやってきた、と思われる彼女たちにとって、「109」や「パルコ」のある宇都宮というのは、僕らが考える以上に、気を入れてオシャレして出掛けていくべき〝特別な町〟なのかもしれない。

オリオン通り沿いには、「フレッシュネスバーガー」や「ハーゲンダッツ」のアイスクリームショップも用意されていた。となると、果して「スターバックス」は存在するのだろうか？

半分ダメモト（ってのもナンだが）で、道往く若い女性に尋ねてみたら、なんとパルコのなかにある、という。最近スタバは、赤羽や十条にもオープンしたが、とうとうここまで手を広げてしまったか……いや、「宇都宮の人にキャラメルフラペチーノを味わわせるな！」とは言わないが、ひと頃まで、場所を選んで出店を進めていたスタバの、昨今の転向とも思える戦略は、ちょっと残念な気もする。まあスタバも、マクドナルドの道を選んだ、ということなのだろう。

パルコ1階の一隅に設けられたスターバックスは、黒板に記された「バナナケーキ」の文字が東京の店よりもややデカイ、ということを除けば、どことなく上品そうな客が静かにカフェラテを嗜む、スタバらしい光景が展開されていた。

宇都宮取材から帰ってきた夜、贔屓にしているNHKの『アーカイブス』（往年の名作ドキュメンタリーなどを再映する）を観ていたら、ある山村の分校に学ぶ小学生たちの生活をとらえた昭和35年制作のドキュメンタリーをやっていた。いまの子供たちとは、まるで顔つきの違う坊主頭の児童たちが、橋もない谷川の浅瀬を渡って分校に登校し、親の野良仕事の手伝いに励む場面などが紹介される。観ていると、この山村はどうやら宇都宮の遥か北方の栗山村というところで、彼らを指導する老教師が、児童たちを宇都宮の小学校まで連れていってテレビ学習の体験をさせる――というシーンが現われた。

『はてなはてな』という、僕も馴染みのある理科の番組を、目を輝かせながら眺める山村の子供たち。NHKの計らいで1年間だけ分校にもテレビが貸し出される話がまとまって、以降子供たちの学習意欲は、みるみると向上していく、という話だ。女子児童が綴った、「テレビはまるで愛のようです……」なんて感想文が発表される。

たった40年前の、東京と宇都宮北方の山村との〝距離感〟に改めて驚かされた。おそらく、彼らの子供くらいにあたる世代の栗山村の若者たちは、舗装された道を四駆とばして「109」で彼女の買い物につきあい、ギョウザをつついて、「スタバ」で「トールのアイスカフェラテ」などとさりげなくオーダーしているのだろう。

あの109の広告コピーどおり、まさに渋谷はどこへでも簡単に大移動する時代になったのだ。

その後の穴10　宇都宮

ギャルよりギョウザ！人気に衰えなし

日本中にあまねくポピュラリティを誇りながら、主菜としてのボリューム不足でどうしてもラーメンやカレーの後塵を拝していた料理、ギョウザ。北関東の単なる一都市として数えられ、いまいちキャラ立ちが貧弱だった宇都宮。メディアが広めた両者の歴史ある結びつきは宇都宮のイメージを変え、結果的に全国の町おこしのお手本になった。

午後１時過ぎに宇都宮駅に着くと、まず目指したのは「みんみん」。連載時に行列で入店をあきらめたお店である。駅で入手した「宇都宮餃子マップ」のような地図を頼りに辿り着くと、10人ほどの行列。並んで聞き耳を立てていると、ほとんどのお客が遠方からはるばる食べに来ているようだ。店内のカウンター席に通されて、メニューを見ると「焼餃子」「水餃子」「揚餃子」「ライス」「ビール」のみ。ギョウザ類はすべて220円。格安である。せっかくなので３種類すべて食べたが、どれもまっとうな印象でうまかった。一番人気の焼餃子は小麦粉を溶いた水で蒸し焼きにしているのか、キツネ色の焼目にパリパリとした衣が付いて香ばしい。どのお客もそれぞれ２、３皿注文して一心不乱に食べている。やはり、この安さこそが変わらぬ人気の秘密のようだ。この後訪れた「正嗣」でもそうだったが、店ではひっきりなしに全国から注文の電話が鳴っていた。この価格なら、流行りの「お取り寄せ」としてはかなりお買い得な部類だろう。宇都宮まで足を伸ばすのがおっくうでも、ギョウザは全国に広がっているのだ。

「109宇都宮」は、2005年７月にあえなく閉店。2001年10月に開店してからわずか４年での撤退となった。跡地だけでも拝んでおこうと行ってみたものの、取り壊し中でシートに囲われ、跡地を見ることもできなかった。跡地は宇都宮市が買い取り、今後は公園として市民の憩いの場になる予定らしい。好調な「ギョウザの輸出」に比べると、やっぱり「渋谷の輸入」はちょっと難しかったのかもね……。　（編集部）

5年後も繁盛してる予想確率　**80**　％（ギョウザのみ）

第十一の穴　水木アニキの雄叫びライブ

水木一郎ライブ@西大島
2002年2月

都営新宿線という地下鉄は、あまり馴染みのない路線である。かかりつけの医者がある浜町まで時折来る以外、隅田川の先の駅で降りることはまずない。2月9日の夕刻、僕はそんな都営新宿線に乗って、西大島へと向かっていた。亀戸南方の、かつては町工場が密集していた地域だが、最近は工場の跡地に高層マンションの類いが林立する東東京のベッドタウン、の様相を呈してきた。その日の目的は、駅近くの江東区総合区民センターで催される「水木一郎ライブ」の見物。宣伝のチラシには、右手を突き出してポーズをキメた水木一郎の写真に添えて、

〈午後7時　雄叫び開始!・!・!〉と、刺激的なコピーが記されている。

70年代以降、主に超人モノのアニメ(や実写モノ)のテーマソングを数々と唄ってきた水木が、「アニキ」と慕われながら三十代くらいの世代の間で妙にブレイクしている――と知ったのは、何ヵ月か前に観た『トゥナイト2』の特集だった。『マジンガーZ』をはじめ、往時のアニソンをたて続けに唄う水木一郎と、スタンディング状態で盛りあがる観客の姿が映し出されていた。客層は、45歳の僕よりは若いが、もはや〝青年〟という趣きではない、いわゆるオタク風の男たちが主体のようだった。その、ちょっと気味の悪い空気がたちこめた水木一郎ライブ、というのを一度ナマで見物したい、と考えていた。

今回の「江東区総合区民センター」での催しが、たまたま取材スケジュールに合ったわけだが、ここは通常まじめな区の催物などが行なわれている会場である。『トゥナイト2』で観たライブハウスみたいな場所とは、かなり様子が違っている。受付周辺には、地味な灰色の背広を着た行政系の職員の姿がちらほらと見受けられ、〈親と子のアニメソング〉と謳っていることもあって、なんとなく親に連れられてやってきたという、ごく普通の子供たちの姿も目につく。

教会のバザーの会場みたいな、のどかな受付を通ってなかへ入ると、通路の一画で各種水木グッズが販売されていた。

ファンの間で早くも〝伝説〟と語られる、99年夏の「24時間１０００曲ライブ」の模様を収めたＤＶＤ。アニソンに引っ掛けて「兄尊」と名づけられたＣＤアルバム。ここにはなかったが、通販のチラシを見ると「アニキ人形」他のキャラクターグッズの数々が販売されているようだ。ＣＤやＤＶＤは、５千円や１万……といったなかなかいい値が付いているが、ライブ後、ここで水木氏じきじきのサイン＆握手会が催されるらしく、けっこうよく売れている。

僕は、松苗夫婦や編集者２名と並んで、右後方のやや遠慮気味の位置に席をとった。前方を見渡すと、一見して〝ぼんやりとした発色のチェック柄シャツ〟の背中が目につく。「まんだらけ」などでよく見る、アニメ愛好者の定番ファッション、と見ていいだろう。仄かながら、コスプレ系のマニアの姿を期待してきたのだが、毛色《けいろ》が違うのか、そういう派手ななりの観客は見あたらない。

暗転したステージにスポットライトが当たり、水木一郎は輝く真っ赤なロングジャケット、で登場した。下は黒革のパンツで、川崎のぼるだったら股間に何本もの筋を描きこみそうなほど、ピチピチにフィットしている。「よーっ！」と会場に向かって第一声を放つと、ぼんやりとしたチェックシャツの男たちの人溜りから「アニキィ！」の掛け声が上がった。

１曲目はご存知、「マジンガーＺ」。

♪空に〜そびえるぅ〜くろがねの城〜

72年、初期の代表作であるこの曲は僕も馴染みがある。ただし、僕は当時もはや高校生で、アニメ熱は冷めていたから、点いていたTVで何気なく聴き覚えた……という程度だ。

ここでアニメソングというか、それ以前の〝子供番組主題歌〟の歴史を簡単に解説しておくと、昭和30年代前期の『月光仮面』や『七色仮面』……の頃は、近藤よし子をはじめとする童謡歌手が唄う〝軍歌調〟の主題歌が主流で、その後、昭和38年のアニメ版『鉄腕アトム』以降、上高田少年合唱団、西六郷少年合唱団、といった少年合唱団による明るいマーチ風の楽曲が一つのスタイルになった。

僕の世代が最も親しんだのは、『鉄腕アトム』から『ウルトラマン』（第1作）にかけての頃までの、少年合唱団主流の時代のものである。そういった主題歌や挿入歌の多くは、当時全盛だった「朝日ソノラマ」をはじめとするソノシートで親しんだクチだ。

ちょうど僕がアニメ（まだその呼称は普及していなかった）や怪獣モノを卒業して、石立鉄男や浅丘ルリ子のオトナのドラマに移行する頃、子門真人（藤浩一）が唄う「仮面ライダー」がヒットして、以来、水木一郎や佐々木功調のものが、そういった主題歌の本流になっていった……という印象がある。僕の時代の曲でいうと「少年忍者　風のフジ丸」に、その後の水木調のアニソンを予感させるものがあったが、ゴー、ダダー、ズバババン……などと派手な擬音が多発されるものは少なかった。

「マジンガーZ」に始まって、「Zのテーマ」、「グレートマジンガー」と、冒頭はマジンガーものが続く。ダーッシュ！　ダーッシュ！と、水木が山場の擬音を雄叫ぶと、チェックシャツの常連客たちが、それに合わせてキマリの当て振りで応える。

が、今回は客層が散在したライブゆえ、振りをキメている三十男たちのブロックの並びで、いまどきの小学生がシラーッと反応しているあたりが面白い。そんな空気を考慮してか、会がなかば進んだあたりで、ステージに子連れの家族客が呼びあげられて、『おかあさんといっしょ』でやるような、簡単な〝おゆうぎ〟や体操を一緒に愉しむ、といったコーナーが設けられた。

ステージは、いきなり〝デパート屋上の特設会場〟みたいな雰囲気になっている。数年前まで、単なるオタクだったと思しき三十なかばの父親が小さな娘を伴って「ちょんまげマーチ」なんぞを愉しく踊っている様は、なんとも感慨深い。水木さんは、『おかあさんといっしょ』の〝歌のお兄さん〟の仕事も、デパートのその種の営業も数こなしてきただけあって、さすがに進行はこなれている。とはいえ、その親子参加のコーナーは妙にしつこく続き、このまま公演が終わってしまったらどうしようか……と不安になった頃、ようやく後半の水木・オン・ステージとなった。

「キャプテンハーロック」や「ルパン三世　愛のテーマ」といった、情感たっぷりのスローバラードが披露された。このあたりの作品に思い入れが深い松苗嬢は、うっとりと聴き入っている様子だ。

水木さんの自叙伝的著書『アニキ魂　アニメソングの帝王・水木一郎の書』（水木一郎／Pr

oject Ichirou／アスペクト刊）によると、子供の頃から母親の影響でジャズやアメリカンポップスに親しみ、高校生の頃からジャズ喫茶「ACB」で唄うようになって、20歳の1968年、「君にささげる僕の歌」というカンツォーネ調歌謡でコロムビアからデビュー——という経歴をもつようだ。「ハーロック」や「ルパン」のような、スローバラードをしっとりと唄いあげる声質は、ちょっと石原裕次郎や、あるいはアイ・ジョージを思わせるようなところもあって、なかなかシビレる。

真っ赤なサテン調の衣装の趣味といい、アニソンの世界にいっていなければ、ディナーショーなどを本領とする〝ムード歌謡〟の世界にハマっていた人に違いない。ディナーショーならば、コニャックのグラスなどを手に……というところなのだろうが、この日の水木さんは〝ペットボトルの緑茶〟をステージ隅に常備して、ともかくこれをグビグビとよく飲む。2曲ほどこなしてはグビグビ、またグビグビ……確かにノドを嗄らすようなタイプの楽曲が多いわけだが、いつもこんなに水分補給する人なのだろうか……。深酒でもして宿酔状態だったのかもしれないが、曲間のトークの際に、やたらと髪に触れたり、シャツの衿を手でなぞったり、おちつかない挙動から察して、おそらくかなりシャイな方なのだろう。『アニキ魂』のなかで、〝水木一郎の雄叫びブーム〟の発火点となったラジオ番組（コサキン）をやっていた小堺一機と関根勤も指摘していることだが、あのせわしない水分補給は、極度のテレ症も関係しているのではないか、と僕は推理した。

終盤、観客に向かって、「いまナン時ですか?」なんて尋ねる。ステージのアーティストが客に時間をうかがうライブ、というのも珍しい。リクエストを募ると、「白馬の王子。あれは人生の応援歌ですよ!」なんて声が、観客から気さくに返ってくる。実にアットホームな空気が漂

思えばアニメブームに
火がついたのはあの
宇宙戦艦ヤ[redacted]ト
(主題歌はアニキじゃないけど)
波動砲くらえ!ハ[redacted]ジ
いーえ いーなんの!
わたしの勝ちね!
しかしヤ[redacted]トも
テレ放送当時は
大人気アルプスの少女ハ[redacted]ジの
裏番組として
わずか3%の低視聴率に
泣いていたものだった。
しかしその後マニアに
支えられ劇場公開に
踏み切ったとたん大ブーム
私もロードショーに並びました
ホホ
そうだ日劇に並んだ
最後の機会が
あのヤ[redacted]ト公開の
日だったっけ。
(その前によく行ってたのは
日劇ウエスタンカーニバル時代。あ、
ロカビリーの時じゃなくてGSの時ね)
日劇
そしてオタクの時代が
幕を開けたんだったけねえ。
そのかつてのオタク少年達
から「アニキ」と慕われる
水木一郎サマの声質は
ああ、あまりにも
正統派な美声♥
かーぜーにー
うっとり…
うわ
清冽にして
夜の匂い。なめらかにして
いかがわしい。歌謡曲が
滅んだ今、アニメ主題歌でしか
きけない声音。
そういえば年齢的にも
ほぼ同世代の
水木一郎氏とあのジ[redacted]リー。
太めのオッサンに
なっちゃったジュ[redacted]ーと
ちがって
水木アニキは
依然として
スリム
好青年然と
したたたずまい。
やっぱ『水木一郎アニキ』は
エライと思ったもの
でした。

うライブであった。

アンコール前のフィナーレ曲は、最新のシングルCD「熱くるしいぜ」。NHK教育テレビ『料理少年Kタロー』のテーマ曲というが、〈ズンズビズバッバァーン〉とか〈ドンドキドキュッキューン〉とか、水木調擬音が〝出血大サービス〟とばかりに織りこまれている。〝パンク風のプレスリー〟に扮した水木さんのジャケ写からしても、これは〝アニキ人気〟を前面に押し出した、一種の企画モノであろう。

熱くるしいぜ　ズンズビズバッバァーン
ハートにくるぜ　ドンドキドキュッキューン……

会場でCDを購入して、現在カラオケでトライすべく、練習中である。

ボンババッバァーン！と兄貴が雄叫ぶパートで、会場はひときわ盛りあがる。うーん、この構図は何かに似ているな、と思ったら、そうだ猪木の「ダーッ！」の光景とよく似ている。往時のアニソンへの郷愁も一つだろうが、それとは別に、頼れるボスを囲んで「1、2、3、ダーッ」をやる連帯感——水木一郎ライブの魅力とはそういうものなのだろう。

その後の穴11　水木一郎

ジャンルを超えるアニキング伝説

取材が行われたのが2002年２月。調べてみると、アニキはその後さらにスケールを広げて活躍を続けており、キングの座を揺るぎないものにしていた。ここではその道程を、「その後のアニキ」としてレポートしておくことにする。

まず、2002年３月には中日ドラゴンズの応援歌〝燃えよドラゴンズ！〟を新録。雄叫び入りバージョンもリリースされ、ナゴヤドームの始球式ではスタンドの観客とともに大合唱が巻き起こった。さらに１年後の2003年の３月には「ディミトリ・フロム・パリ」というフランスの人気ハウスDJにオファーされ、70年代ブラック・ムービー風にアレンジされた〝BOKURA NO MAZINGER Z(ぼくらのマジンガーZ)〟が世界中でプレイされることになった。アニキの雄叫びがついに世界進出した瞬間である。

そして2004年、哀川翔100本目の主演作品として話題になった三池崇史監督『ゼブラーマン』の劇中主題歌〝ゼブラーマンの歌〟を熱く歌い上げ、のりに乗ったアニキは決定版の２枚組アルバム『ベスト・オブ・アニキング―赤の魂―』『ベスト・オブ・アニキング―青の魂―』（註・それぞれが２枚組です！）をリリース。99年に敢行された「水木一郎24時間1000曲ライブ」でもどの曲を選ぶか悩んでいたというレパートリーの豊富さだから、これでも本人的には物足りないくらいなのだろう。ちなみに、『赤の魂』に初収録された曲〝こもろドカンショ〟は長野県小諸市のオリジナルソングで、毎年5000人がこの曲で踊りながら小諸の市街を練り歩いていたにもかかわらず、アニキ自身30年近く前にレコーディングしたまますっかりその存在を忘れていた曲。痛快なエピソードだ。この調子でいけば、いつかもう一人の「アニキ」と呼ばれるミュージシャン、野外ライブに７万人を集めた長渕剛をも超えてしまうのではないか。そんな気さえしてきた。

（編集部）

5年後も繁盛してる予想確率　**85**　%

第十二の穴
ソフトマッチョの殿堂K-1(中量級)見物

K-1 WORLD MAX 2002 世界一決定戦@日本武道館
2002年5月

K-1、を観に行くことになった。初めてである。この格闘技興行が立ち上がって10年(93年スタート)になるというが、僕はなんとなくブームに乗り遅れた格好になって、これまでTV放送すらほとんど観ていない(このジャンルは齧らなくていいか、という意識でいた)。ま、アンディ・フグくらいは知っていたが、今回見物するまで、正直いって〝プロレス〟や〝PRIDE〟との競技内容の違いもよくわかっていなかった。

さて、今回僕らが見物した催しは、5月11日、日本武道館で開催された〈K-1 WORLD

MAX 2002 世界一決定戦〉というもの。ともかく、あまり内容を理解しないまま、九段の武道館へと向かった。

武道館を訪ねるのは、昨年暮れに、とうとうこのハコまで発展した〝みうらじゅん&いとうせいこうのスライドショー〟以来のことである。田安門をくぐって武道館へ向かう人波の様相は、さすがにスライドショーの客とは違う。しかし、同じ格闘技でも昨春に観た〝小川直也VS橋本真也〟のプロレス系の客層ともまた毛色が異なる。プロレスファンによくいる、後ろ髪だけ妙に長い長州力チックなマッチョ男の姿は乏しく、割合と洗練された若い女性客が目につく。さらに細かく評価すると、コンパニオンやレースクイーンのバイト経験を持つような、いまどきの〝JJコンサバ〟といったタイプである。

そして彼女たちは概ね、豊かな胸に長い脚をもった、いわゆるナイスバディな肢体を見せている。K－1を盛りたてた藤原紀香の影響もあるのか……また、こういうカラダをウリにした女というのは、K－1選手のような〝いいカラダの男〟に対する欲情が強い、ということなのかもしれない。

オープニングの石井和義館長のあいさつを聞いて、今回の催しが「中量級」というクラスの〝旗揚げ〟であると知った。中量級といっても、少量級なんてのはないから、実質的に小型の選手たちの大会ということになる。体重の規定は170㎝台、体重70㎏前後といったところ。館長は「等身大の選手……」と表現していたが、つまり、いまどきハヤリの〝ソフトマッチョ〟タイプの選手たちを取り揃えました、というコンセプトだろう。

8人の選手たちがトーナメント制で戦っていくわけだが、二人出場している日本選手のうち、とりわけ「魔裟斗《まさと》」という男はアイドル的な人気があるようだ。チラシのなかに〈魔裟斗inサイパンツアー参加申込書〉なんてのが入っていた。

向こうでテストマッチでもやるのか……と日程表を見ると、〈魔裟斗と行くサンセットディナークルーズ〉〈魔裟斗と楽しむフェアウェルBBQパーティー〉……といった調子で、どうやら彼はただ顔見せをするだけのようだ。

魔裟斗という字使いが、いかにも〝ヤンキー上がり〟調のセンスだが、オレも「亜裟斗」なんてペンネームに変えてみようか……とふと思った。

リザーヴマッチ（前哨戦）に続いて、その魔裟斗とラドウィック（アメリカ代表）の対戦からトーナメントは始まった。魔裟斗はキックボクシング、ラドウィックは総合格闘技というジャンルの選手と紹介されたが、そのあと2、3試合を観るうちに、K－1とはグローヴをつけて、キックもアリの、概ねキックボクシング的なもの、ということがようやくわかってきた。

そして3ラウンド制なので、のっけから攻撃的に試合は展開し、中だるみすることなくテキパキと進んでいく。スピーディなのはいいけれど、ヘタにトイレに立つと、戻ってくる間に決着がついているケースもある。

一戦目、魔裟斗は判定勝ちをおさめて、次へと進んだ。さてもう一人、小比類巻貴之《こひるいまき》という日本選手が出ている。魔裟斗には〈反逆のカリスマ〉なる謳い文句が冠されているが、こちら小比類巻は〈ミスター・ストイック〉と呼ばれている。いずれもいい男だが、ちょっとヤクザなアソビ人風の魔裟斗に対して、小比類巻のほうは「内《うち》に闘志を秘めた寡黙なファイター」という佇まいで、パンフレットに収まっている。

「精神的に強くなるために、自分の腕に線香を押し当てた……」

などとプロフィールが紹介されていた。

小比類巻……と言えば、以前ロック系の女性シンガーがいたけれど、珍しい姓である。どこだったか、確か青森の五所川原を旅したときに、その表札を掲げた家が目についた。パンフの出身地を見ると「青森県」とあるから、もしや五所川原の人かもしれない。ちなみにコヒルイマキとは呼びにくいから、観客は皆「コヒー、コヒー」と声援している。

一戦目、コヒーは相手のデフローリン（アンディ・フグの愛弟子らしい）のミゾオチにヒザをグサッと入れて、1ラウンド途中であっさりとケリをつけた。

外国勢で愉しみにしていたのが、張加潑（ジャン・ジャポーと読む）という中国の「散打」の選手。散打という中国武術の細かいことはわからないが、アナウンスされた謳い文句が耳に残った。

「手からイナズマを出す男」

散打、というくらいに、おそらく小刻みに稲妻を思わせるようなパンチが繰り出される、ということなのだろうが、相手のカウイチット（タイのムエタイ選手）の巧みな抱えこみ技に抑えられて、イナズマ一つ見せることなく第一戦で姿を消した。

ところで、僕のような〝K-1ビギナー〟のオヤジの目に、本戦以上に気になったのが「ラウンドガール」の存在であった。ラウンドの合間に、ピンクのレオタード姿でリングに上がってきて、大きなボードを掲げて四方を規則的に歩き廻る。二人の女性がやっていたが、いずれもなかなかの上玉で、似たような顔立ちをしている。観客の女性の最高峰が、あのレオタードのおねえちゃんのポジション、という感じでもある。2階席から双眼鏡でじっと見下ろすように彼女たちの姿を眺めていると、客席に振りまいた笑顔の底に「アタシたちは選ばれてココに立っているの」といった、観客のシロート女たちに対する優越感のようなものも見てとれる。そ

第十二の穴①

ソフトマッチョの殿堂 K-1(中量級)見物

第十二の穴②

ソフトマッチョの殿堂 K-1（中量級）見物

して、1分ばかりのお仕事を終えてリングサイドの席につくと、隣のマネージャーからもらい受けたトレーニングコートを即座に羽織る。3分後にまた脱ぐのだから、レオタードのまま座っていればいいものを……商品のカラダはそうやすやすと見せないといった所作が面白かった。

『SIGHT』はロッキング・オン社の雑誌ということで、選手たちの登場の音楽についても触れておこう。わかりやすいところでは、クラウス選手（オランダ）の「ロッキー・Ⅲ」（サバイバー）、チャップマン選手（ニュージーランド）はいつしかこういった格闘技畑の定番BGMとなった「ファイナル・カウントダウン」（ヨーロッパ）を使っていた。全般的にはやはり、ヘビメタやテクノの音を効かした派手なサウンドが多い。

それからもう一つ、今様の格闘技イベントの情緒を感じさせるものに、独特の文体で語られるリングアナウンス、というのがある。たとえば、この日準決勝戦に進出した魔裟斗を紹介するアナウンスは、こうだ。

「反逆のカリスマ……決勝に照準を合わせ、ゆるぎなし！　魔裟斗選手の入場です」

「ゆるぎなし！」みたいな古めかしい言葉を織り交ぜた大仰な語り口。この話法は「赤い悪魔、マンチェスター・ユナイテッド……決勝に照準を合わせ、ゆるぎなし！」なんて調子で、WOWOWでやっているサッカーの『ヨーロッパクラブ選手権』などにも流用されている。

いつ頃から始まった〝口上〟なのだろうか？　僕はなんとなく、80年代ＳＦアニメの宇宙戦士にあてがわれた紹介フレーズ……なんかが発端と考える。魔裟斗の名も、ヤンキーっぽい趣味ではあるけれど、一方でこういったアニメ戦士キャラのネーミング、を彷彿とさせる。

魔裟斗VSクラウス

小比類巻貴之VSカウイチット

ベスト4（準決勝）の対戦はこうなった。

ま、日本選手が一人は勝ち残るに違いない、と考えていた。が、魔裟斗は1ラウンド目で早くもダウンを喫し、そのあと持ち直したものの判定で敗れてしまった。決勝に向けて「ゆるぎ」はあったのだ。タオルで顔を隠して引き上げてゆく姿が印象的だった。

となると、残る日本選手・小比類巻に観客の期待は集まる。「地獄から這い上がったストイック・ファイター！」と、例の大仰なアナウンスにのせて登場、客席からは「コヒー、日本を守れよ！」なんてコールまで飛んでいる。しかし、コヒー一人で日本を守る、のは重荷だったのか、2ラウンド目でカウイチットの強烈なパンチを浴びてリングに伏した。また地獄に突き落とされてしまった。

テコンドーの選手たちによるアトラクション（演舞やカワラ割り）が催されたあと、いよいよ決勝戦である、日本選手が姿を消して、帰っていく客も多いかと思っていたが、K－１の観客はまじめに席についている。クラウス選手は〝オランダの魔裟斗〟の異名を持つなかなかの二枚目で、この人目当ての女性客もけっこういるようだ。隣の松苗画伯も、

「トム・クルーズをちょっとゴリラっぽくした感じね……」

と、おそらく好意的と思われる感想を呟いた。

スピーディな決着がウリのK－１だが、ラストの決勝戦はとりわけスピーディであった。１ラウンドの、僅か１分でトム・クルーズ似のファイターがタイのムエタイ男を仕留めた。〝１発KO〟の決着は確かに爽快だが、カワラ割りのアトラクションなんかを10分くらい見せられたあと、メインイベントが１分というのは、アワを食ったような気分でもある。

最後、出場選手がリングに集まってきて、王座についたクラウスを讃える。勝者のクラウスがそんな同志たち一人一人の口に、自ら飲みかけのスポーツドリンクを振る舞い酒のような感じで注いでやっているシーンがちょっと奇妙だった。

「中量級の歴史は今日から始まりました……」

石井館長を囲んで選手全員が並んであいさつをして、お開き。格闘技、というより、なんか若い劇団の旗揚げ興行、みたいな健やかなフィナーレであった。

うーん、実にあっさりしている。脂身をとったヘルシーな肉料理を味わったような心地である。乱入してきたレスラーがマイクを奪って罵詈を吐き、最後に猪木が出てきてすべて食ってしまう……プロレス流のエグい幕引きになれた僕は、どうにも物足りない気分で田安門からの帰路、一人頭のなかで「1、2、3、ダーッ!」と叫んでみた。

その後の穴12　K-1中量級

中量級黄金時代に突入

本文中にもあるように、この日お二人に観戦していただいたのは、K-1中量級の旗揚げ大会だったわけだが、今思うとこれはその後のK-1にとって歴史的な日だったといえる。ヘヴィー級は外人勢に占拠されてしまっている、日本人の活躍の場を作りたい、という意図で当初始まった（のだと思う）中量級は、いまやヘヴィー級以上の大人気ソフトとなり、K-1内のバランスシートを書き換えてしまったからだ。

まず2003年、本文中に登場する魔裟斗が初代K-1ミドル級世界王者に。翌2004年、新キャラクター＝山本KID徳郁が参戦、魔裟斗と名勝負をくり広げる。同年、魔裟斗、プアカーオに敗れ王座転落。翌2005年、魔裟斗、試合中の負傷により王者奪回ならず——という格闘ドラマの進展とともに中量級人気は激しく上昇。そして決定的だったのが、2005年の、K-1による総合格闘技の大会「HERO'S」の旗揚げだった。元々キックボクシングではなくレスリング出身、だからそもそもキックボクシング・ルールであるK-1への参戦は無理があり、総合格闘技がふさわしい選手だったKIDを看板にしたこの大会には、須藤元気や宇野薫といった人気選手が集まり、また所英男という新しいスターも誕生し、またたく間に「K-1 WORLD MAX」と並ぶ人気大会となった。2005年の、恒例の大晦日興行のメイン・カードが、「HERO'S」の初代王者決定戦、KID vs 須藤元気だったことが、その人気を証明している。

なお、「HERO'S」の旗揚げにより、「K-1は(主に)キックボクシング、PRIDEは総合格闘技」という、それまでの不文律が崩れたことも、格闘技界にとって大きな事件だった。つまり、K-1側が遂に確信的に領空侵犯を行ったわけである。これを受けて、2006年の年明け早々に、PRIDEの運営元のDSE社長榊原信行は「今年は立ち技最強を決める大会（＝K-1に対抗する大会）を立ち上げます」と宣言。この二者の争いはますます激化するものと思われる。どうなる!?　（編集部）

5年後も繁盛してる予想確率　75　%

第十三の穴
花火とヒデキと武富士ダンサーズ

神宮外苑花火大会＠神宮球場
2002年8月

今回の〝取材リミット〟は8月のなかば、であった。ナニを取りあげようか……と考えているとき、担当編集者のFから「神宮の花火大会はどうですか?」と提案された。

夏の打ち上げ花火はこれまでもいくつかの場所で眺めている。一番贔屓にしてきたのが隅田川の花火。浅草・花川戸の隅田公園の際に旧友が住むマンションがあって、そこで宴会をしながら窓越しの花火を何度か愉しんだ。

短編小説の取材にかこつけて、芝浦のインターコンチネンタル・ホテルの部屋をとって東京湾の花火を目近に眺めたこともあった。

神宮の花火も10年ほど前、〝絶好のポイント〟と叫ばれていた「トップ・オブ・アカサカ」（赤プリ新館の上階）で、友人たちとカクテルなんぞなめながら見物した憶えがある。

「チケットを買って、現場（神宮球場）で見物するんですよ」

Fに言われて、なるほど……と思った。神宮の花火というのは、球場を閉鎖して場内で打ち上げているような画を思い浮かべていたのだが、考えてみれば、せっかくスタンド席があるのにそんなムダなことをするわけはない。毎年、場内にちゃんと客を入れていたのだ。しかも、花火だけではなく、大物歌手を呼びこんだショーが催されるという。

8月13日夕刻、待ち合わせ場所の外苑前スターバックスへと向かった。交差点の周辺はすでに見物客であふれている。2、3年前からの傾向だが、ともかく浴衣姿の若いギャルが目につく。浴衣といっても、昔ながらの質素な柄ではなく、レモンイエローやピンクを基調にしたオモチャみたいな色柄が主流で、それがチャパツやペディキュアの色彩とも調和している。

球場のスタンド席についた。バックネットからやや一塁側寄りの中段で、野球を見物するにはかなりいいポジションだ。時刻は5時半、まだ西陽が強い頃合いだが、外野フェンス側のステージには進行役の三遊亭楽太郎が立って、本日の段取りを解説している。

場内で配られたウチワに、プログラムが載っていた。来るときに、手前の秩父宮ラグビー場に入っていく客もいて、おや?と思っていたのだが、この花火は神宮球場だけでなく周辺の秩父宮、国立競技場、軟式球場と、計4会場で見物できる仕組みになっているようだ。各会場ごとに、何人かの歌手やタレントが割り振られている。

たとえば、国立競技場の目玉はＨＥＡＤＳのライブ、秩父宮は一大・典美という津軽三味線のコンビ、軟式球場はポリネシアンダンスとかファイヤーダンス、といった、ちょっと安い路線のようだが、ここに仕込まれているツブラヤオールスターズ（ウルトラマン姿の面々がエレキギターを持っている）、というのは些か興味をそそる。司会の楽太郎氏や三味線の一大・典美は、複数の会場を往ったり来たりするようだ。

さて、僕らの会場はナンといってもお膝元だからメンツも豪華である。若手演歌の広畑あつみ、先の一大・典美、夏川りみのライブがあって、花火の直前には大物・西城秀樹が仕込まれている。さらに花火の途中に南こうせつまでラインナップされているようだ。

いやはや、これほど大掛かりな興行、とは知らなかった。主催は日刊スポーツ、そして協賛スポンサーが20社余り付いているようだが、なかでもＤＨＣと武富士がかなりのカネを出している、と目される。歌手が1、2曲唄って退いた後、この2社のＣＭが繰り返しマルチスクリーンに流れる。本番の花火が始まるまでに、例の武富士ダンサーズのCMが耳と目の底にどっぷりこびりついた。

当初は「花火見物の場面に誌面をさこう」と当然ながら考えていたわけだが、途中でこれは花火前のイベントに見所がある……と考えが変わった。とりわけ、ヒデキのパフォーマンスは見るべきものがあった。

長い夏の陽がようやく西の空に落ちようとする頃、ヒデキはジェロニモ酋長のようなインディアン・スタイルでステージに現われた。スクリーンに映し出されたジャケットは星条旗の柄で、その下にはエナメル光沢を放った、真っ赤なアンダーシャツを着けている。正に、その上がないほどの派手、なスタイルである。

ヒデキとしては、ラスベガスやサンタフェあたりの砂漠リゾートにやってきたウエストコースト・ロッカー、みたいなコンセプトなのだろう。そんなスタイルが、この日の蒼味を帯びた夕暮れの空に、奇妙にマッチしている。選曲も実にわかりやすい。いきなり「ギャランドゥ！」をぶちかまし、続いて♪キミが〜望むならっ（ヒデキッ！）の「情熱の嵐」。

「アリーナも、スタンドも、いくぞーー！」

と再三観客を煽りたてて、花火目当ての若い客たちをあっという間に自分のものにした。

2、3曲、新譜などを披露した後、やっぱり出ました「傷だらけのローラ」。もうこの辺ではコントでしかその曲を知らなかったチャパツの浴衣ギャルも、「ローラ」の合いの手を悦しそうに返している。

フィナーレは無論「YOUNG MAN」だ。皆総立ちで〝Y・M・C・A〟の振りを合わせている。僕も、1978年当時の歌舞伎町のディスコ以来、二十余年振りに頭上でYやCのマークを作った。

ヒデキは、わざわざステージの横に付けさせたワゴン車に乗って球場の外へと去っていった。退き際まで、つくづくヒデキなヒトである。しかし、花火の前座営業で、いったいいかほどのギャラが出ているのだろう。

「ヒデキの花火」がハネてまもなく、ステージの照明が消えて、いよいよホンモノの花火が打ち上がった。ここに来るまでは、グランドの中央あたりで打ち上げている光景を想像していたのだが、場所はどうやら外野スタンド裏方の一画のようだ。

これほどの目近で、ナンの障害物もなく上空に広がる花火を眺める、というのはやはりいいものだ。趣味としては、ビル群などが見える少し離れた空に上がる花火、のほうが風情は感じるけれど、こちらにはそれとは違った迫力がある。見上げていると、花火が咲く夜空に飲み込まれるような不思議な気分になる。

ところで、隅田川の花火などは一つ一つに〝ナンタラ五尺玉〟とか〝織姫と彦星の出会い〟とかいう、マニアックな品種やオリジナル・ネームの解説が施されているものだが、ここの花火はそういった案内がまるでない。編集者のFが見物した横浜港の花火大会では、ドラえもんの絵柄が描かれるような細工モノもあったというが、神宮のはほぼシンプルな路線である。赤

や緑、黄……の丸い花が咲くもの、バリバリバリ……と炸裂音が印象的なもの、なかでも最も歓声が上がっていたのは、結局、白金色の火花が流れるように散る〝しだれ柳〟の系列のものだった。

花火の解説はなかったが、神宮花火の特徴は「続きましての提供は大昭和製紙……」なんて調子で、いちいち各花火玉のスポンサーが告知される点だ。どこの会社がどれほどカネを出しているか、という〝力関係〟が、花火の派手さ（数や質）で見物客に伝わるような仕組みになっている。なんと、商業ライクな花火大会なのだろう。

第一部のトリは、当然二大スポンサーの一角「武富士」であった。前の提供会社の花火が終わって、マルチスクリーンにまたもや武富士ダンサーズのCMが映し出された。しつこいねぇ……と思っていたら、さらにとどめの一発が控えていた。CMが終わるや否や、ステージにナマの武富士ダンサーズが現われて、実演を始めたのであった。

スクリーンと双眼鏡とでつぶさに確認したが、CMと同じ〝黒のセパレーツ水着風＋黒ハイソックス〟というスタイルで、女性たちの風体もホンモノっぽい。CMよりもロングヴァージョンの曲だが、振り付けの乱れもない。CMと同一メンバーか、あるいは武富士では興行用に、三百名くらいの似たような風体のダンサーズを養成している可能性もある。

ヒデキライブの感動は、コレ一発でぶっとんだ。そして、実演が終わり、スッとダンサーズが退けると同時に、背後の外野スタンド頂きに富士の絵柄に〝武富士〟と記したランプ看板がボッと描き出された。看板が消えるや否や、武富士パートの花火ショーが火ぶたを切った。しつこいとはいえ、なんとも手の込んだ演出である。ダンサーズの出が遅れたり、ランプ看板の点灯をミスったりしたら、ぶち壊しの段取りだから、これは相当のリハーサルを重ねたに違いない。

武富士の花火はさすがに見ごたえのある構成だったが、もはや頭のなかはダンサーズの衝撃でいっぱい、である。そして、花火が終わってステージに灯りが入ると、すでにそこに南こうせつがいて、唐突に「神田川」を唄いはじめる、という流れにも驚かされた。二部の花火がスタートするまでの短い継ぎ時間ゆえ、観客の多くはステージそっちのけでトイレへ立ってゆく。ヒデキとほぼ同じ芸歴のこうせつを、こんな扱いでいいのだろうか……。文句一つ言わず、ニコニコした顔で閑散としたスタンドの客をいじっている南こうせつを眺めつつ、つくづくこの人の〝人柄のよさ〟を痛感した。

二部の終盤では、DHC・CMガールズ（細川直美・藤崎奈々子・山川恵里佳）が参入して、化粧品の営業トークが展開された。花火が上がっている間、スクリーンに「DHC　IS　NO・I」のキャッチコピーが断続的に点灯する、という演出も、もはやここまで来ると感心する。「たまや〜」の粋、からはかけ離れたエグさを集約したような花火大会であった。世智辛い夏の夜、神宮の夜空をにぎわしたのはエグい〝勝ち組〟が打ち上げた祝砲だった……とでもまとめましょうか。

その後の穴13　神宮外苑花火大会

ヒデキ→あゆ?→あやや??→松田聖子???

2003年の神宮外苑花火大会は、雨天が続いて中止になった。直前になんと浜崎あゆみの出演が決定していたから、覚えている方もいるかもしれない。ネットオークションなどではチケットの価格がずいぶん高騰したそうである。

〝あゆ〟のファンも、まさか西城秀樹がメインだったイベントに突然彼女が出るとは思わず、ずいぶん慌てたのではないだろうか。ただし、この年も浜崎あゆみ以外は、前年を踏襲したしょっぱい面子が揃っていた。まずは元〝光GENJI〟の諸星和己。そしてシンガーソングライターの大御所、尾崎亜美。さらに2002年に再結成した懐かしのGSバンド・フォーリーブスや元サラリーマンのコミックソングデュオ・東京プリンなど、ジャンルはバラバラなのにぬるーい温度だけが統一されている。本来は〝花火の余興〟のコンサートなのだからこのくらいでもいいはずだが、高価なチケット代と内容のバランスを調整する主催者の苦労が垣間見える。

では2004年はどうなったのか。主催者の出した答えは「アイドル」という新機軸であった。神宮球場のメインゲストは元モデル＆小室哲哉ファミリーのhitomiだったのだが、このとき最も熱いファンが集まっていたのは、おそらく松浦亜弥、W（ダブルユー）、Berryz工房が集結していた国立競技場であった。これらはすべてプロデューサーの〝つんく♂〟を中心に〝モーニング娘。〟から広がってきた面々だが、本隊のほうは呼ばない（呼べない）あたりがまたこのイベントらしい。そしてその後も迷走を続ける主催者が2005年に選んだのはなんと、松田聖子、globe、ガッツ石松……。とりあえず、お腹いっぱいになる面子ではある。

これだけではオチにならないので小ネタを一つ。この神宮外苑花火大会、イベントとしての規模は日本最大級だが花火だけを見れば実はそれほどでもない。では、打ち上げる花火の数や予算が日本最大の大会はどこでしょう？　隅田川？　いいえ、違います。ダントツの一番は、大阪の宗教団体ＰＬ教団主催の大会なんです。

（編集部）

5年後も繁盛してる予想確率　65　%

第十四の穴「新しい丸ビル」観光

丸ビル／新丸ビル＠丸の内
2002年11月

「丸ビル」を探訪することになった。無論、この秋に完成した、超高層ヴァージョンの丸ビルである。オープンして間もない頃に一度訪れているが、そのときは混雑にメゲて最上階のほうまでは行かずに戻ってきてしまった。

東京駅の前（丸の内口）で、松苗画伯や編集スタッフと待ち合わせる。早く着いてしまったので、あたりをきょろきょろと観察していると、同じようにケータイを片手に人待ちしているグループが多い。大きな旅行カバンを抱えた観光客風も目につく。おそらく、関西や東北から東京駅に到着して、「話題の丸ビルってのは駅の真ん前だから、ちょっくら見物していくべえか……」なんてことになっているのだろう。地方からの観光客が多い、というのは、そんな〝東京の玄関先〟という立地が大いに関係しているに違いない。

目の前にすっくと聳《そび》えたつニュータイプの丸ビルは、下階のほうに〝往時の印象を残した外観〟を腰巻のように巻きつけている。こういったスタイルの新ビルが、近頃の大手町や丸の内周辺には増えている。大和銀行、日本工業倶楽部会館、三菱信託銀行本店……「レトロな腰巻」型ビル、とでも呼ぼうか。下のほうだけクラシックなパッケージを飾りのようにくっつけて、その真ん中から40〜50階建てのペンシルビルが天に向かって突き立っている。数年後の都心は、こんな格好のビルばかりになるのではないだろうか。

観光や買物の客が押し寄せているショッピングスペースは、外側の腰巻の部分に収容されている。ロビーに入って、まず〝芯〟の部分に入居しているオフィスの案内板を眺めると、名のある大企業は意外と少なく、個人商店風のネームが目につく。中村塗装店、高田巳之助商店……アンティカ・オステリア・デル・ポンテの客も、高田巳之助さんの店が同じ丸ビルに入っているとは知らないだろう。

おそらくこの辺は、旧丸ビル時代からのテナントと思われる。そんななかに「チェリオ」の名を見つけた。あのデコボコの、独特のガラスビンに入った清涼飲料水・チェリオのオフィスである。実は10年ほど前、「会社観光」という〝思いついた会社をアポなしで見物する〟趣旨のコラムを連載していたとき、丸ビルのなかにチェリオの営業所を発見して訪問したことがあった。そのときの描写の一節にこうある。

「エレベーターで七階まで昇って、下のフロアへと順にチェックしていくと、三階に『チェリオ』の名を掲げた部屋が三室見つかった。391と番号のうたれた部屋の扉に、『ご用の方は381区の受付へ……』と指示がある。丸ビルでは各部屋の番号を〝区〟と呼ぶのだ。区という呼称と、丸ビル館内の古びた洋館の雰囲気とが相まって、なんだか大昔に作られた〝近未来SF映画〟の世界に紛れこんだような気分になる」

とまあ、以前の丸ビルはそんな雰囲気であった。ついでに旧丸ビルの歴史にちょっと触れておくと、完成は大正12年。大方できあがった頃に関東大震災に見舞われるが、壁の一部が壊れた程度でもちこたえる。続いて、戦時の空襲の際は、米軍が後に一帯の三菱ビルを接収する目的で、爆弾の投下を避けた。つまり、かなり運の強いビル、といえるだろう。仮に新ビルにアルカイダの乗っ取り飛行機が突っこんでも、大丈夫かもしれない。

ちなみに〝東京考現学の第一人者〟今和次郎は昭和4年に著した『新版大東京案内』のなか

で、出来たての丸ビルをこう評している。「丸ビルの腹の中の店数は約百枡、銀座通の商店の数は全部で二百五十軒なのだから、丸ビル一つだけで立派な街、一つの盛り場が構成されてゐるとみられやう。丸ビル風俗は兎に角新東京風俗の尖端を切ってゐるのだから、彼女の内臓の威力は奈良の大仏殿のそれにも相当するものと云へやうか。」

これを読むと、いまの丸ビルのイメージとけっこう似通っているのが面白い。では〝彼女の内臓〟というか、腰巻のショッピングフロアーを探訪してみよう。

1階で最もスペースをとっているのがビームスの売場。3階にはユナイテッドアローズのグリーンレーベル（子供服などもある）にクラチカヨシダ（吉田カバン）……70年代後期、ポパイ世代の若者の土壌で芽を出したショップが、いま丸ビルで幅をきかせている、というあたりに時代の流れを感じる。

にぎわっている店の一つにコンラン・ショップ（2・3階）がある。エリザベス女王から〈Sir〉の称号を得たイギリスのデザイナー、テレンス・コンラン卿（71歳）が〝確かな目によって世界中から選び集めた〟という、いわくつきのセレクトショップ。70を過ぎた目が、いまどれほど機能しているのかは定かではないが、一見して〝趣味のよい〟家具や食器、雑貨……が陳列されている。

店内の主流客は、VERY&BRIO調の若夫婦、といった層で、連れのダンナのほうも妙にスカした格好でやってきているのが面白い。とはいえ、5万のイスとか30万の二人掛けソファ、なんてのがあたりまえの値筋で、印象としては、単に品物を観光している客がほとんど、といった感じである。僕らはここで〈TY NANT〉というウェールズ産のミネラルウォーター（¥250）を買った。凸凹した容器の風合いは、ちょっと「チェリオ」を思わせる。

そのあと僕は、先のクラチカヨシダで、前から目をつけていたミドルサイズのショルダーバッグを購入してしまった。外側にポケットがいっぱいあって、よく行く2泊3日の取材旅行に都合がいい。そのなかに、当日提げてきたバッグや先のコンランのミネラルウォーターをぶちこんで、肩にひっかけた。混み合う通路を歩いているときに「しまった！」と思った。この姿は、地方から丸ビル観光にやってきたお上りさん、と一緒ではないか。

昼食どき、5、6階のレストラン街には列のできた店も多い。下のファッション系の店内ではあまり目につかなかった、五、六十代の熟年組（主に女性グループ）が、この食のフロアーにはどっと押し寄せている。名のあるところでは、グリル満天星、精養軒茶房、筑紫樓、炭火焼肉トラジ、天ぷらの魚新……カサブランカ・シルクというベトナムフレンチの店は〝紅虎餃子房〟の系列、と聞いた。

全般的に「高級そうなつくりに見せて、意外とリーズナブル」というセンの店が多い（35、36階の高層階のほうには「福臨門」や先の「デル・ポンテ」などの、本当に高い店が並ぶ）。たまたま空いていた、焼鳥の「今井屋」で看板に出ていた親子丼を味わった。最近ハヤリの〝タマゴとろとろ系〟のタイプで、なかなかおいしい。比内地鶏の焼鳥丼を注文した松苗さんも「皮がパリパリしておいしー！」と絶賛していた。恵比寿にある本店に行った編集者Fの話で

行ってきました
新しくなった旧・丸ビル
ああ、ややこしい
ど――ん
北隣に古くなった新丸ビルが
三菱地所の威信をかけた丸の内地区再開発の象徴
まさにランドマーク
しかし新しいロゴマークでは
まるで変体少女文字。
丸ビル
そしてビルヂング内は変体少女文字を書いてた丸文字世代よりひと回りほど上の世代のおばちゃん達でいっぱいだ
外資系のビジネスマンなんかいやしない！
彼女達のお目当てはもちろん最上階層35・36Fの極上ランチ 約3000〜約7000
そう、今、日本でもっともリッチそうなクラスの方々――
何をかくそう丸文字世代の松苗
ホホ
36F福臨門で飲茶食べたい…
最上階層の極上ランチからは当然のごとくはじき出された私たち、ランチ難民と化す。
今井屋
ここに入りましょう！
よかった
ようやく席を取れたのは最上階よりお値段もぐっと下がる5・6Fフロアにある評判の焼き鳥店『今井屋』で究極の親子丼とパリパリ焼き鳥丼を食す。
この店でやっとビジネスマン発見！
この店白レバーの串焼き、超絶ウマイですよ！
お昼は白レバーやってないんですって
あ
卵トローリはお約束！
それにつけても平素からしてこの混雑ぶり
今年のクリスマス・イブと大晦日には恐ろしいことになりそうだ
35Fにある展望スペースの美しいこと！さぞかしイブの夜はラブラブな二人のための別世界―でもよく見りゃ超年配カップルかッ
年末には光のイベントミレナリオもあるしねー
ミレナリオ、今年の元旦夜に行ったら終わってたわ ああ間抜け
金のない若いカップルは今さらお台場かえびすがーでんぷれいすか

は「白レバーってのがメチャウマイんっすよ」ってことらしい。Fは白レバーを食い過ぎて、翌日の定期検診で「脂肪肝」の判定が下った、という。本当だろうか……しかし、白レバーってのはおそらく脂肪肝（フォワグラ）の鶏ギモのことだろうから、そりゃ大いに考えられる。

さて、この日は平日ということもあって、高層階（35、36階）にいくエレベーターも割合と空いていた。ちなみにこのエレベーターは妙にスピードが速い。10階あたりまでの表示ランプをあっという間に通過していく。高層階の窓際には、望遠鏡こそないが、ちょっとした展望フロアーの様相を呈している。この日は視界が良かったので、南方の東京湾、その先に三浦半島の山稜、西は丹沢山系までが見渡せた。反対方向に並ぶレストランに入れば、皇居の一帯も見下ろせるに違いない。かつてこの界隈のビルは、皇居への配慮もあって7～8階の高さにとどめた……なんて説を聞いたことがあるけれど、もはやそういったことはどうでもよくなったのだろう。

くだらないことだが、ショッピングフロアーの通路で見た〝トイレのネーム〟が気になった。「多目的トイレ」という。車イスの乗り入れや赤ちゃんの世話にも対応できる、まじめなコンセプトのトイレのようだが、「多目的」ってネーミングはどうだろう……とんでもない目的に使用する奴が現われないか、少々心配になる。

ところで「丸ビル」の向かいに「新丸ビル」という紛らわしいビルがある。こちらは旧丸ビルに対する「新」であり、昭和26年に建設された。シメにこの古い新丸ビルを探訪しよう、と考えていた。

外観もそうだが、館内にも往時の丸ビルの雰囲気が感じられる。「○○区」等の表示はないものの、年季の入った擦りガラス窓をハメた扉越しに覗くオフィスの景観は、昭和30年代頃の東

宝サラリーマン映画の世界を彷彿させる。デスクに、三木のり平や人見明の課長が座っていそうな気配である。

安いゴルフ用品のワゴンが出た一階商店街を眺め歩いて、地階の「ウィード」という古めかしい喫茶店に入った。カウンターのなかのマダムの顔がすぐ先に見える、窮屈なボックス席に腰掛ける。こういう席で白シャツのサラリーマンが肩を寄せ合うように、食後のコーヒー（焦げたような味）をする——というのが、僕のイメージのなかの「丸の内」である。

喫茶店の並びの「錦水」という洋食店のメニューに「デミグラ弁当」という凄いやつがあった。デミグラスソースをぶっかけた丼のようなものか……その並びには「マサラ風ドライカレー」という、何故唐突にマサラなのか？と問いたくなるような品書きもある。うーん、新ビルの親子丼も悪くなかったが、こちらの古き丸の内らしいランチも捨てがたかった……。

帰り際、地下道からの新丸ビルの入口にこんな案内板が出ていた。

〈新しい丸ビルはあちら→〉

やっぱり、間違える観光客が多いのだ。そして、噂では「新丸ビル」のほうも近い将来改築されるという。そのときは、どう呼べばいいのだろう。心配事は募るばかりだ。

その後の穴14　丸ビル

新しい丸善でハヤシライスを食べた

丸ビルのオープン以降、丸の内一帯はすっかり様変わりしてしまった。丸ビル自体はあまり変わらないのだが、周りに次々と似たようなビルが建ったのである。平日の昼過ぎ、再訪すると、まずは通りを一つ隔てた「新丸ビル」の建築現場が気になった。連載当時はなかに入れた建物も今は跡形もなく、公示を見ると「高さ200メートル、地上38階、地下4階、平成19年度中竣工予定」とある。丸ビルの最上階が36階だから、要するにそれより大きなビルになるのだ。横を見ると、最後まで残っていた店舗の移転先が掲示してあり、それぞれ付近のビルに吸収されたようだ（本文に登場した「錦水」という店は新大手町ビルに移転。喫茶店「ウィード」は行方不明）。建て替えが終わっても、きっとこういう店舗はもう戻ってこない。

続けて丸ビルに入ったが、テナントも客層も雰囲気も、このあたりの台風の目として安定した感じがある。特に書くこともないと思いつつ、数ブロック先の「丸の内オアゾ」に足を伸ばした。ここはリニューアルした丸の内ホテルを含む6つの建物の複合体で、一般客はそれぞれの建物のショップ&レストランエリアを渡り歩くことになる。スープ屋からブティックまで基本的に丸ビルを踏襲した店揃えだが、なんと言ってもここのウリは書店「丸善・丸の内本店」である。4階建てのフロアを順番に見て歩くと、空間に余裕のあるレイアウトが心地よい。最近の大型書店は1階に雑誌を置くのが主流だが、ここはビジネス書。やはり場所柄なのだろう。4階まで上がると、売り場と並んでカフェが併設されている。なかは、購入した本を読みながら食事する客でにぎわっていた。メニューの解説によれば、なんと丸善の創業者・早矢仕有的（はやしゆうてき）はハヤシライスの発明者である……らしい。食べてみると、「有り合わせの肉類や野菜類をごった煮にして、飯を添えて」出していたというその料理は、酸味が絶妙に効いた美味、であった。100年以上前に、こんなに洗練された味を作れたはずはない、とも思ったが……。（編集部）

5年後も繁盛してる予想確率　80 %

第十五の穴　汐留電通城を彷徨う

シオサイト＠汐留
2003年2月

不景気とはいえ、このところ〝大バコ系のニュータウン〟が次々と完成しつつある。前回探訪した丸ビル、六本木の旧テレ朝周辺にまもなくオープンする六本木ヒルズ、先頃大崎まで延伸したりんかい線の沿線にも「品川シーサイド」なんていう、浮っついた調子の新駅ができて、その周辺は〝なつかしの天王洲アイル〟クラスのショッピングモール街が形成されようとしている。

今回はそんなコマの一つ、シオサイトを見物することになったのだが、どうもいまだ「シオサイト」と口に出すのはなんとなく照れ臭い。四十代なかばの僕にとって、あの一帯は〝貨物駅の広がる地味な土地〟として、しばらく認識されていた。

手元に小学4年生の社会科の時間に使っていた『わたしたちの東京』（昭和41年版）という副読本が残っている。そこに記述された汐留の解説は、こうだ。

「中央おろし売り市場のすぐ近くに汐留貨物駅があります。この駅は、今からやく九十年前、日本ではじめて鉄道がしかれたころ、新橋駅だったところです。今は、貨物だけの駅として、都民にとってだいじな役めをはたしています。この駅にはいる品物は、都民の台所にひつようなやさい、くだものばかりでなく、紙・パルプ・酒類・きかいなどが多く、都民のくらしにたいせつなものばかりです。」

実際この当時、汐留貨物駅の構内を見学する機会はなかった。なかに初めて入ったのは、いまから15年ほど前のバブル絶頂期、広大な跡地の一画に〝季節モノのディスコ〟が建って、その〝プロデュース〟をひと月ばかり任されたときのことだ。

ハコの名前は確か「メガリス」といった。愛車プジョーを空地の片隅に乗りつけて、連日〝黒服のボス〟のような気分で店に顔を出した……ことが想い出される。フロアーに設備した御立ち台の上で、ピンキー&ダイアンのボディコン服着たおねえちゃんたちが、バナナラマのゆるいユーロビートで悦しそうに踊っていた時代である。その当時はまだ空地の一画に、草むした貨物駅のプラットホームが残っていたはずだ。

新橋駅の改札で待ち合わせた僕らは、わざわざ「ゆりかもめ」の駅へ向かった。シオサイトのビル群は、もう目の前に見えているが、先頃できた「汐留」の駅からアプローチしたい。180円のキップを買って、車両の最前部に乗りこむと、軌道のすぐ先にスケルトン（透けた）の外観を見せた電通のビルが立ちはだかっている。3、4機のエレベーターが昇り降りしている様が眺められるが、その速度が妙に速い。『ブレードランナー』なんかの未来都市のビルを想起させる光景、である。

乗ったときからすでに見えていた汐留駅に、あっという間に着いた。さすがに、新橋から乗ってココで降りる客は僕ら以外にいない。汐留駅の周辺はまだサラ地のなかに工事中のビルがちらほら見えるだけで、駅前にめぼしい店はない。プロムナードを新橋のほうに逆戻りして、いち早くテナントが入った電通のビルへ向かった。

47階建てのビルの愛称は「カレッタ汐留」。なんだか、あまり強くなさそうなJリーグチームみたいなネームである。大方は電通のオフィスで、下階と最上階のほうにレストランをはじめとしたショッピングフロアーが設けられている。店のメンツをチェックする前に、まずは〝家主〟の電通さんのロビーを覗いてみよう。

ロビーの一画に、オノ・ヨーコがクリエイトしたテーブルがある……と聞いてきたが、これは隅っこのほうにぽつんと置かれていて、あまり目立たない。それよりも、受付から社内への入り口にかけての景観に目を奪われた。

受付は、ドーナツ型のブースに〝全国から選りすぐったような美形受付嬢〟が10人ばかり配置されている。しげしげと観察したわけではないけれど、「栄光の座についた女」たちの気迫が、ドーナツブースの周縁に淀んでいるような気配だ。このドーナツブースの受付嬢を丸ごと仕込んだ合コン、ってのを一度やってみたいものである。

その背後に、駅の自動改札式のゲートがあって、電通マンが社員証を挿入して出入りしている。近頃、大きなオフィスに増えてきたシステムだが、部外者がふらりと友人の仕事場を訪れるのは難しくなった。ゲートの向こうの壁に、人が歩く様を描いた電飾の線画が延々と映し出されている。赤いランプで縁どられた歩行者の線は一向に立ち止まらない。何か「歩け！　働け！」とせきたてられているようで、こんなもん連日見せられていたらストレスが溜まるのではないか……と、心配になった。

ロビー隅のエスカレーターを降りると、ショッピングフロアーに入る。丸ビルほどの規模ではないが、レストラン、カフェ、コンビニ、ブティック……そして最近のこの種のモールにはお約束の〝足裏マッサージ〟系の店も一軒ある。

前回、丸ビルで入った「コンラン・ショップ」をちょっと薄めたような輸入雑貨店「アイ・スタイラーズ」で、またもやなかで一番安い「水」を買った。〈WATTWILLER〉という、きれいなガラス瓶に入ったフランス産のミネラルウォーター（280円）。シャレた水を品揃えに入れる、というのは、こういった店のハヤリなのかもしれない。

フロアーの一画に、B1・B2の2階仕立てで「アド・ミュージアム東京」という広告の博物館が設けられている。さすが電通のお膝元、だけあって、この博物館はなかなか充実している。

たとえば、モニター画面を指でタッチするだけで、インプットされた〝昔のマッチのラベルや絵ビラ〟の画像を拡大して眺めることのできる装置。細かい文字まで鮮明に読みとれるので、思わず没頭してしまった。

通路際には、20世紀以降のヒット商品が時代順に展示されている。福助人形、のらくろ、初期のカルピス瓶、新幹線、アトム、鉄人28号のオモチャ、ウォークマン、アイボ……と、あまりマニアックなグッズは入っていないが、ハヤリモノの主だったポイントをきちっとオサえて展示してあるあたりが〝電通の仕事〟らしい。

歴代のヒットCMを流しているモニターの前には、人が溜まっていた。デートでやってきたような若いカップルが、昔のアーモンドグリコのCM「一粒で二度おいしい」というナレーションを聞いて、キャハハ……と笑いこけている。「アタシたちも一度で二度おいしいよね」と、女がわけのわかんないことを言いながら、隣りの男にじゃれついていた。

では、高層階（46、47階）に上がってみよう。「ゆりかもめ」から見た、流星のようなエレベーターに乗る。前回の丸ビルのやつも速かったが、こちらはもしや丸ビル以上とも思える、相当のスピードである。電通に問い合わせたところ、「時速」は教えてもらえなかったが、年配の役員から「心臓に悪い」「もっと遅くしろ」等の苦情が出て会議で問題になった……とかの噂を人づてに聞いた。

超高速エレベーターでやってきた46、47階は、丸ビルと同じように、お高いクラスのレストランがゆったりと配置されている。最上の47階を二分するのは、「B・i・C・E」というイタリアンと、和食ダイニングと銘打った「Z・I・P・A・N・G・U」。午後5時の開店を待って、僕らは46階の「AQUA」という店に入った。メニューを見る限り、タイやベトナム系の料理を主軸にしたレストランのようだ。

まだ店内は閑散としていたが、ここも7時以降は予約客で埋まっているという。一番リーズナブルな〝7000円のコース〟を注文すると、小ぶりの生春巻から始まって、ベトナム料理をお上品にアレンジしたような皿が順に運ばれてきた。バブルの頃、アークヒルズにあった「ADコリシアム」(山本コテツ・プロデュースのベトナム・フレンチ)を彷彿するようなメニューである。なんというか、いまどきそういうバブル期の澱《おり》、のようなものがこういった新高層ビルの上階のあたりにだけ溜まっている……という雰囲気である。店内の客を眺めていると、「自分へのごほうび、として、ありし日のバブル気分を味わいにきた」、そんな気配が窺える。

この店の窓越しには、東京湾側の風景が広がっている。羽田の着陸待ちをする飛行機、お台場の一帯、隅のほうには葛西の観覧車……。すぐ真下に広がる築地の市場と浜離宮だけが、往時の空撮映像で見る東京風景の姿をとどめている。

なるほど、小4の社会科副読本で、「都民の台所に必要な食材を運び出す貨物駅」と学んだ場所の遥か上空で、僕らはいま夜景を眺めながらゴージャスな料理を味わっている……というわけか。

反対側のレストランの窓からは、新橋方向の市街地が俯瞰できるはずだ。何かの空撮写真で

第十五の穴①

汐留電通城を彷徨う

都心最大の再開発地区 汐留が『シオサイト』として 華々しく(？)オープン ゆりかもめに乗ってビル群に 向かう光景はまるで 子供の頃 夢に描いた 未来都市。
まるで 鉄腕アトムの 世界だーー
そういえば この 2003年は アトム誕生の年ーー。
とはしゃいでみても 出来あがっていたのは 地区の中のほんの一部
復元されたという 鉄道開業当時の 新橋停車場は？
キョロ キョロ
ヴェネチアの 街を再現した 美しいショッピング モールは？
…全ての施設が 完成するのは なななんと 2006年らしい。
電通ビルの 最上階から見る風景も どこか なぜか デジャヴー？
この前の 丸ビルとついい 重なっちゃう ってカンジよね
築地市場の 屋根のカーブ 初めて上から 見た…
森森
とにかく メシは 高いとこで食うのが 一番ですわ！
最近こーいう おばさん 多し →
しかし 2006年には この巨大なシオサイトも 他の巨大プロジェクトに すっかりのみこまれて 目立たなく なっていたり して。
新東京タワー ↓
六本木 ヒルズ ↓
そして 高さ千メートルの 超々高層 マンション？
広大な空き地の まま残した方が 逆に存在感 あったかもなあ、 シオサイト…。

第十五の穴②

汐留電通城を彷徨う

アレックス・カー著『犬と鬼』によると
"すでに日本という国は真の近代化に失敗した国"として
世界から取り残されつつあるという。
日本文化の真の愛好者カー氏が書いた、日本人には絶対書けない現代日本論
犬と鬼
事実、親日家として長年日本に滞在していた欧米人が続々と日本を離れているらしい。
たのみの綱の外資系企業も最近はアジアの拠点を東京から上海 香港 シンガポールに移しているとかー
日本人はやっぱり外人なんかキライなんだねー!
なにより同じアジアのエリート層たちから
『日本は貧乏人が行く国』!!
なんて言われてるとか。トホホホ
留学ならアメリカか豪州へ!
いよいよヤバイぞわがニッポンの現状、まるでゼネコンと心中するかのように次々と建ち並ぶ誇大妄想プロジェクト。
誰か借りてオフィスー!!
全国の下水普及率20%だっつーのにね、電線の地中化もろくに住宅圏では実現できてないっつーのにね。
世界最大の債権国でありながら世界最悪の借金大国
不良債権の処理も結局なんともままならず七百兆円!!
大丈夫、もう一度インフレになれば!!
大丈夫!貯金が一千四百兆円あんだから
酒
シオサイトの足元で酔っぱらってる新橋のホワイトカラーのおじさんたち、早く目を覚ましてくれいいい!!
つまりボクはまだ目覚めなくていいってコトだね

見たのだが、汐留の向こうの国道1号線に架かるＪＲのガードのあたりから、新橋の繁華街のなかを虎ノ門方面へかけて、低い家並の筋が一直線に続いている区間がある。そこは戦後、進駐軍が立案した俗に「マッカーサー道路」と呼ばれる道の計画線で、そんな事情から古い建物がビル化されず、筋状に残ったという。

帰りにその一画に寄ってみた。ビル群の谷間に2、3軒ばかり低い背の呑み屋が軒を並べていた。道端にイスを出して、会社帰りのサラリーマンがヤキトリをつまみながらホッピーをグイグイ飲《や》っている。背景には、シオサイトの高層ビルが怪獣のように立ちはだかっている。あのＳＦ装置みたいなビルを脱出して、このあたりでひっそり一杯やっている電通マンも、おそらくいることだろう。

その後の穴15　汐留シオサイト

シオサイトに出現した謎の「イタリア街」とは？

同時期にオープンした丸ビルや六本木ヒルズに比べて、すっかり影が薄くなった「シオサイト」。敷地31ヘクタールに11の街区、予定就業人口６万１千人という壮大なプランは進行中で、全施設完成は2007年。グランドフィナーレに向けて盛り上がってもいいはずなのに、そんな気配は全然ない。しかし再訪してみると、実はある不思議なプロジェクトが進行していた……。

「汐留」駅に到着した後、まずは電通ビルを起点に周囲の施設を見て回ることにした。連載時には未完成だったいくつものオフィスビルが一帯に建ち並び、なかなか壮観である。最初は律儀に一つ一つ探訪しようと思ったが、すぐにそれが間違いだと気づいた。歩けど歩けど次のビルに辿り着かない。とにかく敷地が広すぎるのだ。しかも電通と日テレを除けば、どこも基本的にはオフィスビルと高級ホテルばかり。つまり、結局ここは観光客が遊びに来て楽しむ場所ではなく、選ばれたビジネスマンのための場所なのだろう。熱気を感じない理由はこれだったのか、と少しがっかりしながら歩き続けると、敷地の西端の「イタリア公園」まで来てしまった。ここは港区がイタリアから寄贈された公園で（なんでも「友情の永遠の証」だそうだ）、生垣で囲まれた敷地に大理石の彫像や噴水を置いてあるのが、なんだかとても唐突だ。さほど広くない園内には一人だけ、ヒマそうな中年男性が読書をしていた。

もう帰ろう、と思って園内の地図を見たそのとき、奇妙な表記に気がついた。公園からＪＲの高架を挟んで少し離れた北側に「イタリア街（建設中）」とある。公園だけでも違和感があるのに、街？　怪訝に思いつつ立ち寄ってみると、そこには驚くべき光景があった。たとえて言うなら、ハウステンボス。あのイタリア版が、新橋駅から続く静かな街の一角に数ブロックだけ唐突に出現している。全体が赤茶系の暖色で統一され、テナントもジェラート屋やかばん屋、看板もイタリア語ばかり……って、実はこれこそ観光客を呼ぶ隠れた目玉？　もちろんツッコミたい気持ちはあるんだが……。（編集部）

5年後も繁盛してる予想確率　**50**　％

第十六の穴　話題の東京温泉巡り

大江戸温泉物語＠お台場／ラクーア＠後楽園
2003年5月

この数年〝温泉〟のブームが続いている。生活にくたびれた中高年世代を中心にしたブーム、の印象が強かったが、いまや書店に並んだ雑誌の大方、たとえば『日経おとなのＯＦＦ』から、『ＴＯＫＹＯ一週間』に至るまで、老若メディア問わず、何らかの温泉特集が組まれていたりする。同じようにこのところすっかり定着した「癒し」というキーワードとバッティングするスポット、という見方もできるだろう。

いまどきハヤリの温泉といえば、ひっそりとした山宿の〝露天風呂付客室〟というのが思い浮かぶけれど、そんな一方で東京都心部に次々と温泉施設がオープンしている。お台場の「大江戸温泉物語」、後楽園の「ラクーア」、近く「としまえん」にも、またこの種の施設としては老舗の平和島にも、リニューアルされた温泉スポットが開業するという。なんでも、地下千メートル単位まで容易に掘削できる装置が開発されたのが発端、と聞くが、このぶんでいくと、あの「六本木ヒルズ」も客足が途絶えたときのために、どこかに温泉を隠しもっているかもしれない。麻布十番温泉あたりからパイプラインがつながっているのではないか？

ともかく今回は、「大江戸温泉物語」と「ラクーア」、2件のネオ東京温泉を探訪することになった。

新橋から「ゆりかもめ」に乗って、テレコムセンター駅で降りると、西方の空き地のなかにそれらしき物件が見える。ここは通称・お台場地区ではあるけれど、町名は江東区青海の領域に入る。大江戸温泉物語、と看板が出た神殿造りの玄関口に立つと、横っちょの土産物屋から杉良太郎の演歌が流れてきた。なるほど、杉良ファンの層が〝ターゲットの核〟ということか……。

館内に入ると、左手に「帳場」と記された広いレセプションがあって、『坊っちゃん』に出てくる書生とマドンナ（女子学生）のようなハカマ姿の若者たちが、きびきびと客の応対をしている。しかし「大江戸」で明治の坊ちゃんスタイルというのは、ちょっとコンセプトがアバウト過ぎやしないか?

ま、それは大目に見るとして、受付をすませた僕らは奥のカウンターで〝浴衣〟をチョイスすることになった。この浴衣姿が館内でのユニホームになる。男性用は背に堀部安兵衛、遠山金四郎、女性用は八百屋お七などの江戸の有名人の浮世絵がデザインされたものだが、僕はなかで一番ハデ目の雷電為右衛門(巨体の人気力士)、松苗女史が選んだ浴衣の背中には、高島おひさという歌麿作の美人画が描かれている。高島おひさ、知らなかったが、両国広小路の水茶屋の看板娘で、江戸後期の屈指の美女の一人に数えられた人らしい。

ロッカーで浴衣に着換えて「湯屋」(風呂場)に入るわけだが、その入り口の所に断り書きが何条か掲示されている。

「入れ墨をしているものは江戸へ入るべからず」

つっかかるようだが、遠山の金さん(桜の入れ墨)の浴衣を用意しといて、それはないだろう。

店屋が並ぶ広小路で松苗さんと待ち合わせて、まずは男女一緒に入れる「大江戸足湯」のコーナーへと向かった。ここは建物の裏庭にあたる部分で、日本庭園調の小川や池に湯が取り入れられている。浴衣の裾をめくって、足湯を愉しむという仕掛けだが、湯かげんはいいとして底に埋めこまれた石がボコボコしていてイタい。2、3歩ばかり歩いてリタイアしてしまった。湯池を囲む東屋のような所に若いカップルが溜まっている。浴衣を濡らさぬよう女子は必然的に裾をたくし上げたりするわけで、つまりここは彼らにとっては、かなり重要なポイントといっていいだろう。取材時は陽の高いお昼時だったが、宵闇迫る頃には物凄い光景が展開されているに違いない。

さて「湯屋」のほうは、百景の湯と名づけられた露天風呂と、広い内風呂を真ん中にジェットバスや水風呂、サウナの類いが配置されている。岩湯を模したサウナが先の足湯スペースの一隅に設けられている（別料金）が、風呂のバリエーションは期待したほどではない。パンフレットには「ざくろ口」（背の低いくぐり戸）などが描かれた江戸の湯屋の解説が載っているが、そういった江戸人気分に浸れる凝った演出がもう少し欲しいところである。

マゲ結い姿のエキストラでも仕込んだらどうだろうか。いや、江戸調の浴衣に着換えるのなら、思いきって〝入館者は全員チョンマゲのカツラを被る〟くらいまでやったらどうか。洗髪するときにわざわざ取ってる姿を想像するだけでおかしい。

とまぁ文句は垂れたものの、やはり湯上がりは気分がいい。広小路で松苗さんを待つ間、僕ら野郎3人（編集者Uと松苗ダンナ）は早くも立ち食いの寿司屋でビールをクイッと一杯やっ

て、「川長」という和食屋で、とろろ飯、そば御膳などを腹に入れ、次の後楽園へと移動することになった。

ちなみに広小路の一帯は、江戸調テーマパーク風には仕立てられているが、ここも「相撲甚句」みたいなBGMが延々と流れているだけで、もう一つ雰囲気が寂しい。盗っ人が現われて岡っ引きに追っかけられたり、町娘が悪党に帯をくるくるくると解かれて、「アレ〜」なんて叫んだり、そういったアトラクションの一つ二つ欲しいところだ。

後楽園のラクーア、と聞いて、最近の情報誌の類いをマメにチェックしていない僕は、その形体がまるで頭に浮かんでいなかったのだが、ここは要するに以前の後楽園遊園地一帯をリニューアルしたものなのだ。ショッピングモールのなかに聳《そび》えたつビルのフロアー内に温泉施設はあって、周辺に遊具の諸々が配置されている。まず目にとまるのは、敷地の外縁をヘビのようにに取り巻く、話題のジェットコースター「サンダードルフィン」のレールである。本来の目的は〝温泉三昧〟とはいえ、やはりここまで来たらアレに乗ってみたい。待ち時間も「45分」だから、苦痛なレベルではない（ケータイのｉモードで適時予約できる、なんてハイテクなシステムも採用されているらしい）。

乗車時間は1分30秒、と短いほうだが、最大落下角度80度、最高時速は130キロ。とりわけ並びの大観覧車のなかを串刺しするように突き抜けていく一瞬が圧巻である。不安な横揺れがほとんどないので、開き直れば「コワさ」を「キモチ良さ」が超越する。大江戸の湯に浸ってから、しばらくユルユルダラダラしていた身体がビッと引きしまった心地である。しかしコレ、ラクーア温泉の湯上がり直後なんぞに乗ったら血圧高目の人にはよろしくないだろう。

温泉（スパ・ラクーア）はビルの5階から9階部に収容されている。こちらは浴衣ではないけれど、①トレパン調、②バリ島リゾートセンスの麻の上下、みたいな2種のユニホームが用意されていて、上階部にある「ヒーリングバーデ」（趣向を凝らしたサウナ）に入るには、②の

衣装に着換えなくてはならない。

まずはバリ調の麻シャツ、短パン姿で、ヒーリングバーデを探訪する。先の大江戸と同じように、このフロアーは男女一緒に利用できるコーナーで、ゆったりとしたサロン風の空間に、4つのサウナ室が設けられている。簡単に表すれば、①砂漠、②深海、③木目調のよくあるサウナ、みたいなコンセプトの部屋で、もう一つ奥のほうに「紅倩洞」という女性専用サウナ室がある。

ところでここは、どこに目をやっても若い番《つが》いたちがお互いの汗ばんだ身体をすり寄せるようにして、いちゃついている。何か、新種の同伴喫茶に紛れこんだような心地になった。

6階のフロアーに、大浴槽をはじめとしたいくつかの風呂が並んでいる。上のヒーリングバーデのサウナは40度前後の低温モノが主流だが、こっちのサウナは100度レベルの高温で、このフロアーは、〝オヤジたちの温泉ランド〟の雰囲気が漂っている。浴槽に溜まった湯も、茶色っぽい東京温泉特有の色合いで、ピータンみたいなきついニオイが鼻につく。先の大江戸の澄んだ湯よりも、こちらの湯のほうが身体に効きそうだ。

「タイ古式マッサージ」とか「足裏マッサージ」とか、諸々のオプションがあるようだが、さすが東京ドームのお膝元だけあって、巨人戦が大型スクリーンで観賞できるスタジアムシアター、なんかも用意されている。ま、僕は巨人戦はどうでもいいので、窓越しに風景を眺められるリクライニングチェアーに腰掛けて、くつろぐことにした。各座席に液晶テレビがセットされていて、電話で飲み物をオーダーすることができる。

生ビールを飲みながら外景を眺めていると、さっき乗ったサンダードルフィンが時折ヒューッと目の前を滑走していく。

思えば後楽園遊園地はジェットコースターの発祥の地なのだ。正確には「ロケットコースター」の名で昭和28年に設置した浅草・花やしきのほうが先だが、「ジェットコースター」と銘打った装置は昭和30年7月開業の後楽園が元祖ということになる。ちなみにこの年公開された映画『ジャンケン娘』のラストシーンで、まだ若き3人娘、美空ひばり・江利チエミ・雪村いづみが、真新しいジェットコースターに乗りながら「ランランラン〜ランデブー…」なんて唄を愉しそうに合唱している。尤も映像は〝ハメコミ画像〟だけれど、当時のジェットコースターの時速は55キロ（ドルフィンの半分以下！）というから、唄が歌えるほどのスピードである。

実はちょうどその頃に、東京ではちょっとした温泉ブームがあった。昭和28年開業の亀戸温泉を皮切りに、錦糸町（楽天地）、新宿十二社、平和島などの天然温泉をウリモノにした歓楽施設が次々とオープンする。手元にある『東京風土図』の解説によると、その発端は戦後の燃料不足に対応するための天然ガス採掘、だったという。

「燃料不足を補おうと、政治家の三木武吉らが先頭に立ち、昭和24年に江東砂町で掘ったところ成功した。このガスとともに、わき出る温泉を利用したのが亀戸その他の東京温泉の起源である」

ジェットコースターも東京温泉もいわば高度成長時代幕明けの頃に発祥した娯楽装置だった。いまどきの温泉ブームも、好況への起爆剤になってくれるだろうか……。

その後の穴16　東京温泉

一段落した東京温泉ブーム、さて勝ったのは?

都心に大型温泉が相次いでオープンしたおかげで、東京に温泉がある!と聞いても驚く人は少なくなった。もちろん本文にもあるように、ひと昔前から東京には何ヵ所も温泉があった。そうした老舗も今回のブームで多くの人に再び知られるようになり、いい意味で底上げされた感じもする。一方、純粋な温泉ファンの間では「大江戸温泉物語」も「ラクーア」も、決して評判がよかったわけではない。理由は何よりも、温泉そのものへのこだわりの薄さである。源泉をそのまま使う、いわゆる「掛け捨て」でないのは当然だが、塩素を入れて何度も循環させるやり方は源泉の効能を台無しにしてしまう。まあ、どちらの施設も本質はテーマパークで、温泉はそのアリバイに過ぎないから……と考えるほうが健全なのかもしれない。

少し小雨のぱらつく平日の午後、最初に向かったのは「大江戸」。お台場を訪れる観光客の多い週末以外は、結構ガラガラなのでは?と想像していたが、そんなことはなかった。館内は50代以上の男女や親子連れ、そしてヒマそうな学生風グループを中心ににぎわっている。相変わらず入場料は大人2827円とかなりの強気だが、それなりに受け入れられている感じだ。ただ、やはりほとんどの人は浴場ではなく店屋の並ぶ広小路で時間を過ごしている。風呂に入っているより、ここでのんびり酒を飲みながらくつろぐほうが絶対楽しいのだ。輪投げの屋台で遊ぶ子供を上気した顔で見守る母親の姿などを見て、ついつい自分も和んでしまった。

気を取り直して「ラクーア」へ向かうと、こちらもなかなか繁盛している。ただし、客層は相変わらずまったく別。カップルと仕事の合間に利用している一人客ばかりである。入館料は2565円と「大江戸」よりわずかに安いが、こちらの客のほうがより即効性の癒しを切望している気がした。単にいちゃついているカップルもいるが、一人客の多くは低温サウナやラウンジで仮眠を取っていた。ここは「大江戸」のような喧騒もないから自分も気づくと仕事を忘れてすやすやと……。　(編集部)

5年後も繁盛してる予想確率　70　%

第十七の穴
萌《もえ》る電脳都市アキバの奇景

ラジオセンター／アキハバラデパート／アソビットシティ／メイドカフェ
2003年8月

　秋葉原を「アキバ」と縮める呼び方が、すっかり定着した感がある。ここではメンド臭いからカタカナ書きにするけれど、気分的には〈AKIBA〉と、大友克洋の〈AKIRA〉調の字体で表記するのがふさわしいかもしれない。ともかく、この呼び名が浸透したのは、家電街の看板商品がIT関連の装置と、それに付随するゲームやアニメ関係のソフト……になった、この数年のことだろう。

　そんな〝アキバ以降の秋葉原〟を一度じっくり探訪してみたい、と思っていた。駅の電気街口で、いつものように松苗夫妻、編集者と待ち合わせる。早く着いてしまったので、しばらく改札の周辺をぼんやり観察していると、妙にデカいリュック（デイパック）をしょった若者が多い。僕の目の前で『少年カフカ』って雑誌を読みながら人待ちをしているメガネの男のリュックもデカいし、その向こうの色白小太り気味の高校生風も、キャンプに行くようなリュックの外袋の所にペットボトルの水を仕込んでいる。キャンプというのは冗談ではなく、これから一日この電脳都市をオリエンテーリングして、ゲットしたグッズの数々をデカいリュックのなかに収納していく……という魂胆なのだろう。彼らの風体は、一見して中野の「まんだらけ」周辺を徘徊する、いわゆるオタクの型《タイプ》である。中央・総武線の経路を使って、中野あたりのオタクがこちらアキバにも流れてきたのだろう。途中、水道橋から神保町界隈の〝アイドル系古書店〟を経由して、アキバに流れつく者もいるのかもしれない。14型カラーテレビのダンボール箱なんかを背負った、垢抜けない外人観光客の姿が目についた、ひと頃の秋葉原とは随分客層も変わったものだ。

集合した僕らは、まず総武線の高架下に迷路のように続く、ラジオセンター、ラジオストアの一帯に入った。狭い通路づたいに細かい電気部品を並べ売りする、この界隈の雰囲気は昔から変わっていない。「ラジオ」の名が看板になっているように、ここが戦後ヤミ市でのラジオ部品の露天売から始まった、電気街の原点となった場所である。昭和20年代の後半、民放ラジオの開局に伴って〝組み立て式のラジオ〟がちょっとしたブームになり、電気街は繁栄していく。その当時の邦画、たとえば川島雄三監督の『洲崎パラダイス 赤信号』（昭和31年）なんかを観ると、加藤義朗扮する羽振りのいい秋葉原のラジオ商が、新品のスクーターに乗って新珠三千代を口説きにくる……シーンが出てきたりする。

シロートにはよくわからない、コードや端子を並べた一角に〈超レア HOLYOKE1940年代〉なんて品札が出たエナメル線がぶら下がっていて、ちょっと年のいった男が店員と訳のわからないウンチク語りを交した後、満足そうにそれを買っていった。彼はどのジャンルのオタクなのだろう？

「オーディオマニアですよ」

店員が教えてくれた。オーディオ装置のコードごときにまで〈1940年代〉なんてヴィンテージもんが存在するのか……と思ったが、彼らマニアは本体のクラシックなステレオや蓄音機に合わせて、細かいコードの一本まで同時代のものにこだわる、のだという。

続いて、駅前に古くから建つアキハバラデパートを覗く。1階は立食いの食堂の類いが雑然と並び、なかの品書きにあった「アキバうどん」ってのが目にとまった。これは別に〝コードや端子〟を具にした電脳的なうどんではなく、チクワとイカ天（だったか？）をのっけた土地性とはあまりゆかりのないネタらしい。寂れた地方都市の百貨店風の物件だが（一応、ユニクロは入ってる）、やはり玩具コーナーはアキバらしく充実している。コミケアイドル系のフィギュアがずらりと並び、「ガチャポン」がコインロッカーのように何機も陳列されていた。

ハンドルをガチャッと廻すと、プラスチックケースに入ったチープなオモチャがポンと出てくる――ガチャポンは、確か僕が小学5、6年生の頃に駄菓子屋の店頭あたりに出現した装置だが、これに親しんだのは僕より下の世代だろう。以後全く気にとめていなかったが、近頃は、「タイムカプセルグリコ」なんかの流れか、三、四十代のオヤジを標的にしたような機種もけっこうあるのだ……。千円を両替して、エイトマンや宇宙少年ソラン……のフィギュアが入ったガチャポンに熱中してしまった。

ところで、僕らグループのなかで一番アキバに通じているのが松苗画伯のダンナ氏である。ダンナの水先案内で、違法と思えるようなバッタモン（「王様のアイデア」のパクリからフセイン人形、ヴィトン柄のライターまで……）が店内所狭しと並んだうわさの雑貨店「グッドマン」を冷やかし、中央通りの家電ビル街の一角に聳《そび》えたつオタクの殿堂・ラオックス「アソビットシティ」へと侵入した。

ここのラオックスにはテレビやエアコン……といった一般家電はまるでなく、上から下までPCやプレステ、ゲームボーイ……機種別のゲームソフト、アニメ関係のグッズのフロアーがカンヅメになっている。いまどきの子供にとって〝理想のデパート〟とはこういうものかもしれない。しかし、「子供にとって」という表現はちょっと違う。一番下の地階と上階の7階には、間をサンドするような格好で〝アダルトビデオ〟のコーナーが設けられている。大手のラオックスが、よくぞ思いきってそんなコーナーまで用意したものである。

予め下見をしてきた編集者のUから「7階にアダルトのコーナーがある……」と聞いたとき、もしや悶々とした日々を送っているUが見た幻ではないか……昔怪奇マンガで読んだ、実際にエレベーターで行ってみると存在しない、まやかしのフロアーなのではないか……などと思ったが、エスカレーターで順に上っていくと、〈18歳未満入場お断り〉などと警告を掲げて、7階のアダルトコーナーは存在していた。

但し、その景観はよくあるアダルトビデオの店とはかなり異なる。入口から目につく所には、生身の女性ではなく、アニメーションのパッケージを描いたビデオやDVDが陳列されている。『淫情学艶』などと、それっぽいタイトルのものもあるけれど、『とらいあんぐるハート』、『愛して♡ナイチンゲール』といった、オトメチック路線の少女マンガのセンが主流である。パンツを見せたり、太モモをあらわにしたヒロインの肢体、をヌキにすれば、「まんだらけ」の少女コミックスの棚のムードと変わらない。一帯に〝生身の女性の肌色〟ではなく、淡いピンクのアニメカラーが漂っている。奥のほうに〝生身の女性〟のコーナーもあったが、その部分だけが、別世界から取りこまれた異物、のように浮きあがって見える。アニメモノの棚をじっと物

男というのは なぜ いくつになっても ガチャポンが 好きなのだろうか
秋葉原 ガチャポン会館
かぱっ
30代40代の男をも 少年に返す街、それが 現在のアキハバラー
幼い頃 母親から
一日一個だけよ！
どうせ たいしたモノ 入ってないんでしょっ
と叱られて 思う存分 買えなかった 昔日の恨みを 晴らすように
ホント 女には理解 できないわー
ケースは 燃えないゴミだし
百円均一ショップの ほーがまだマシな モノがいっぱい
ン？ これは
ふと一番下の ガチャポンを見ると 某金融会社の CMで大ブームに なったチワワ犬 「く[redacted]ーちゃん」が
キャー く[redacted]ーちゃん ガチャポン？
もしかして く[redacted]ーちゃん フィギュアとか？
ちょっと 買ってみよーっ
ガチャーン
…しかし 出てきたモノといえば く[redacted]ーちゃんの 極小写真を ビニール板に貼りつけた 直径2.5cmのマスコット
買うんじゃなかった かも～
こんなにたった200円が 惜しいと思ったことないかも～
やっぱ女と ガチャポンは 相性悪し
ちなみに今回の アキバで 見つけた 面白いモノ
500円 高額ガチャポン
中身はもちろん アダルトグッズ
なげると ぷるん ぷるん
まあ～ キモチ よさそう…
グッドマンにて
ダルメシアン柄の AIBO2号 立ち耳タイプ
この柄なら タレ耳の アイボのほーが
とっても リアルな フセイン 人形 ただいま 大人気ワ・とか
誰が 買うの よおぉ おっ

色している若者は、そちらの生身の棚のほうを振り返ろうともしない。生身のほうに寄り集まっている客との間に、見えないバリアーが存在しているようだ。

アキバまで来て生身に寝返りやがって……と俗なＡＶを物色している者どもを軽蔑している、ようにも思われた。

「いまどきのアキバっていったら、やっぱメイドカフェ行かなくちゃ」

実は今回、最も気になっていたのは、松苗ダンナから聞いた〃メイドカフェ〃なるスポットだった。フリルのエプロンを着けた、メルヘン調のメイドさんルックに身を包んだウエートレスを揃えた喫茶店が、アキバの周辺でちょっとしたブームになっているらしい。

〈秋葉原の夏はメイドカフェをハシゴだ！〉

入手したチラシにはそんなコピーが記され、現存する３軒の店を〃スタンプラリー〃すると、マニア泣かせのグッズがもらえる仕組みになっているようだ。

なかの１軒、「メイリッシュ」を訪ねる。店はビルの２階だが、すでに１階の階段下まで長い列が生じていた。入場待ちをする客の大方は、例のリュックが妙にバカデカイ野郎どもである。

僕はふと、二十余年前の〃ピークの頃のノーパン喫茶〃の行列風景を想い出した。

15分ほど待って、店内に導かれた。黒い膝下丈のワンピースに白フリルの可愛いエプロンを

男というものはなぜいくつになっても「制服」が好き♥なのか
古くはセーラー服から始まってナース、スッチー、ルーズソックスetc…風俗の世界で花開き
そしてついに来た!!
メイドブーム
秋葉原のメインストリートからビミョーに外れた通り沿いビルの2Fに話題のメイドカフェ「メ[redacted]リッシュ」ただし性の匂いは0《ゼロ》
客の95%は男性であってもあくまでフツーの昼お茶を楽しむ風情で
ご注文はバニラとショコラトロ〜リですねっ
ここのトローリが見事にアニメ声
たまたま入ったサ店がココだっただけだよハハハ
ちょっとムリしてないか〜？
店の外の階段は長蛇の列 店の入口にはメイドさん二人をモデルに作られたマンキャラグッズ 盛り上がるエントランス付近に比べ、店内はいたっておとなしめ。
紙のカーテン
もっとアヤシイフンイキがあると思ったのに〜
こんなんじゃコミケのちがもっとアヤシイわ
や…充分アヤシイと思うけど
吉祥寺店も出来たって
白いプラスチックの鉢の観葉植物
やっぱりメイドカフェなら秋葉原よりか銀座 四丁目交差点にほど近い西五番街通りビル地下一階のカフェドル[redacted]ン 薄暗い灯りの中、美しく飾られたアンティークな品の数々。香り豊かなアールヌーボー調の調度品たちがお出迎え
メイドさんはスレンダーでオサレなお姉さん系
ちなみに客は100%女性
やっぱ女はこっちのほーが落ち着くわ
いや僕はやっぱりアキバのちが
メイドカフェ吉祥寺店も行ってみたら
どっちも落ち着かんわ!

着けて、頭にピラピラのカチューシャを飾ったウエートレスが3、4名、せわしなく働いている。淡いピンクを基調にしたインテリア、窓は隠蔽されて外は見えないが、照明は妙に明るい。そしてテーブル席は、ケンカが弱そうでリュックがデカイ、男同士のカップルで埋めつくされている。

このメイドカフェのムード、何かに似ている。そうだ、昔女子高の文化祭で入った〝料理研究会主催のティールーム〟の雰囲気によく似ている。男の二人客は、おそらくメイド姿のウエートレスを目当てにやってきたのだろうが、こうやって眺めると一見〝ホモッ気のカップル〟に見えてしまうのがおかしい。隅のほうにカウンター席が4、5個あって、そこには常連風の単身客が、じっと腰を据えている。トイレに立ったときにチェックしたら、太った男の前にスパゲッティーとピラフの皿が出ていた。大食をしながら、じっくりメイド娘を観察しよう、という魂胆だろう。

当初は、もしや多少キャバクラめいたサービスでもあるのか……と想像したが、そういう計らいはまるでない。また、客がウエートレスに露骨にちょっかいを出しているような光景も見られず、皆、男同士で日常的な雑談をやりとりしながら、時折チロッとメイド嬢に横目を向ける……といった程度なのだ。

メイド嬢は概ねロリータ系の風体で、声質はアニメヒロインの声優を思わせる。彼らの用語で言う〝萌《もえ》キャラ〟ってやつだろう。前のアダルトビデオのコーナーにも、こういったメイド・キャラの作品がいくつかあったから、ここでは眺めるだけにして、イメージを焼き付けておいて、レンタルしたアニメＡＶでフィニッシュ……というコンセプトなのかもしれない。

ところでこの日、昼食を食べに入ったとんかつ屋のラジオで、次のようなニュースを耳にした。秋葉原の店に爆弾を仕掛けようとして逮捕された高校生が、こんな供述をした、という話——。

「秋葉原に最近風俗店が増えてきたのが許せなかった。秋葉原が堕落すると思って、風俗店を木っ端微塵にしてやろうと考えた……」

メイドカフェの景色を眺めていたら、彼の供述の意図も理解できるような気がした。

その後の穴17　アキバ

増殖したメイドカフェの過激サービス競争とは!?

取材後、最もブレイクした場所といえば、ここ秋葉原だろう。『電車男』のテレビドラマ化、映画化により、アキバに集うオタクの存在は全国のお茶の間にまで浸透し、彼らは今やオタクではなくＡボーイなどと呼ばれている。そしてそのアキバのなかでも躍進著しいのがメイドカフェだ。メイドル・ユニット「完全メイド宣言」がＣＤデビューし、「萌え〜」が流行語大賞にまでノミネートされてしまった。アキバは、ますます電気街から「萌える」ための街に変貌しているのだ。それにしても、「萌え」という言葉が、これほど市民権を得るとは誰が想像しただろうか？　もはや「萌え」こそが時代の王道なのか？

そんなことを考えつつ、まずは、老舗の「メイリッシュ」を再訪。サービスやメニューは特に変化なし。しかし、今回気になっているのは他の後発店である。乱立するメイドカフェ同士で、どうやって差異化を図っているのか？　次に行ったのは「Cos-Cha」。ここはその時々でコスチュームが替わり、いつもメイド服というわけではないらしい。メイドカフェというよりここはコスプレカフェなのかもしれない。店員は「メイリッシュ」よりフレンドリーだが(スカートの丈も心持ち短い)、渡すメニューを間違えるなどのミスを呆れるほど繰り返し、そのたびにアニメ声で謝られた。後で知ったことだが、こういうのをマニアは「ドジっ娘」と呼んで愛するらしい。つまりこれこそ新手のサービスだったのだ！　そうとは気づかないまま、次の「@ほぉ〜むcafe」に移動。店に入ると、「お帰りなさいませ、ご主人様！」。この挨拶もだいぶ浸透したが、やはりものすごく気恥ずかしい。ここの目玉は、500〜1000円払えばトランプや「あっち向いてホイ」で、お気に入りのメイドと仲良くできること。ただし時間は３分。なんだか新手のキャバクラみたいだが、壁を見るとゲームに勝った際の賞品一覧があり、「使わなくなった制服」「10回肩叩きをしてもらえる」などなど。これはキャバクラというよりはブルセラでは……と少しめまいがした。試しにやってみたゲームは、あえなく惨敗でした。（編集部）

5年後も繁盛してる予想確率　65　%

第十八の穴　六本木ヒルズ、ってナニよ？

六本木ヒルズ@六本木
2003年11月

本年の締めくくりの号、ということで「六本木ヒルズ」を探訪することになった。ことし発生した屈指のトレンドというと、やはりココになるだろう。当初は、「六本木ヒルズ」と、ヒルズをくっつけていうときに、なんとなく気恥ずかしいものもあったけれど、いつしかヒルズ込みの物言いが、ごく自然にできるようになった。六本木とは別の、一つの〝地名〟として定着した感がある。ロポヒル、なんて縮めて呼ぶ一派も、すでに存在するのかもしれない。

ところで僕は、なんだかんだ4、5回ばかりココにやってきている。森ビルのなかに入った

J-WAVEの仕事で2、3度、それから『マトリックス・リローデッド』のプレビューに招待されて、ヴァージンシネマズへ出向いたこともあった。このときはどういうわけか〈セレブ〉のリストに入っていて、緑色の絨毯を敷いたハリウッド式のアプローチをクリス・ペプラーのアナウンスにのせて歩かされたのである（何かの因果か、僕のすぐ前をあの花火で見たヒデキ様、が歩かれていた）。

とはいえ、まだ〝観光の目玉〟とされる森タワー上階の展望台には上っていない。噂に聞く、何軒かの名料理店にも足を運んでいない。今回はその辺を愉しみにしてきた。

さて、編集部から通達された待ち合わせ場所は「スターバックス」である。ヒルズのスタバというと、J-WAVEの打合せで何度か行った森ビルの入口の所だろう……と思いこんでいたら、なんと日比谷線の改札から続く地下モールの突きあたりにもスタバがあった。おや？っと思って、伝達のFAX用紙をよく見ると「けやき坂、TSUTAYA横」などと指示されている。ヒルズ内には、そんなにスタバがあったのか……。どうにかけやき坂上り口の店まで辿りついたが、このぶんだとまだどこかに何軒か、スタバの巣窟が隠れているような気がする。

けやき坂を上って、ヒルズの中心地へと向かった。坂上のあたりからこのけやき並木の通りを眺めると、道の先にちょうどいい塩梅に東京タワーが見える。街並がもう少し成熟すれば、表参道に匹敵するような東京屈指の美しい散歩道になるのかもしれない。

ではお目当ての、森タワー52階の展望フロアー（東京シティビュー）に上ってみよう。ヒルズの一帯はなかなかの人出だったが、このエレベーターは行列もなく、すんなりと乗れた。シティビューの入場券は¥1500だが、これに¥500加えると、さらに上（屋上）の「東京スカイデッキ」に上がれる仕組みになっている。

周囲にフェンスは張り巡らされているが、吹きっ晒しのまさに六本木ヒルズの頂き、である。海抜270メートル。前方に東京タワー（333メートル）が見えるが、距離感も手伝って、ココのほうが数段高い……印象をおぼえる。

真ん中にヘリポートがあって、見物客はその周縁に設《しつら》えられたボードウォーク風の木板通路を歩いて眺望を愉しむ。晴天の薄暮の頃だったが、少々もやが出て富士や丹沢の山稜までは見えなかった。ま、とはいえ、こういう超高層ビルからの眺望にも、もはやさほど刺激を感じなくなってしまった。それよりもフェンスの向こう側をぐるりと取り巻く、武骨なレールのようなものが気になった。ガードマンに尋ねたところ、どうやらレールに装備したマシンを使ってビルの窓拭きなどをするらしい。

52階のシティビューに降りて来たが、僕らは先に屋上へ出てしまったから、もはや眺望には興味がない。窓際に張りつくようにして、カメラ付きケータイで外景を撮らえている人の姿が目につく。こんな引きで外景を撮っても、窓にゴミが付いたような画《え》にしかならないだろうに、とりあえず〝上に上った〟証が欲しいのだろう。通路の一画にある〝カフェ〟と名が付いた売店で「わさび帆立貝柱入りマフィン」という凄いメニューを見つけた。味わってみたところ、まさに、わさび帆立貝柱がムリヤリ入ったマフィン……という味だった。

　このシティビューの、おそらく内側の芯の部分にあたるのだろう、52、53、54階を吹き抜けにした格好で「森美術館」が設けられている。展望のついでに……的なスポットと思って入ったら、これはハンパじゃなかった。クロード・モネにポール・セザンヌ……から中国の水墨画、ヒルズ全体のアート・プロデュースをする村上隆のイラスト、アラーキーの写真……と、その世界の知識がない僕には〝センスの良し悪し〟までは語れないが、ともかく、王道からサブカルまで広く網羅されている。

　なかで目にとまったのが、「オノ・ヨーコのリンゴ」と題されたオブジェ。オブジェ、といっても、台座の上にホンモノの青リンゴがぽつんと載っかっているだけだ。〈1966〉と年代が記されている。

　係員の話では、当時ジョンとヨーコが出会った頃、実際にヨーコがこういった作品を手掛け、おそらく〈アップル・レーベル〉なんかとの因縁もあるのだろうが、二人の〝愛の象徴〟とされているらしい。尤もリンゴはさすがに1966年のものではなく、これはそんな伝説をベースに、いまどきのリンゴを飾ったもの。ただのリンゴも、こう曰《いわ》くが付けられると眺めるだけでありがたみを感じるものだ。

美術鑑賞よりも、そろそろ腹が減ってきた。今回目当てにしてきた小籠包の名店「南翔饅頭《ナンショウマントン》店《テン》」を探して練り歩く。ヒルズの一帯は地図上の距離にしたら大したことないのだろうが、螺旋のような進路をとることが多いので、なんだか身体がくねくねとねじれていくような、独特な疲労感をおぼえる。

「南翔饅頭店」は5時前に入ったこともあって、待つこともなく席につけた。店内に貼り出された上海本店の写真を見て、そうか……と思った。ここは確か、十余年前に上海を訪ねたとき、豫園《ゆえん》とかいう向こうの下町の古い庭園の一画にあった店だ。豫園界隈は点心の小店が並ぶ地域だが、この店は満席で入れなかったのだ……。

取材当日は11月のなかば、旬の上海ガニを入れこんだ小籠包（蟹黃小老）があるというので、それと定番の豚肉、海老のものをひととおりいただく。蟹黃小老も良かったが、僕はやはり定番の豚が気に入った。とろっとした脂っこいスープの味がたまらない。味わいながら、古びたトロリーバスが数珠つなぎになって狭い街路を走行していた……ありし日の上海の風景を回想した。

食後に毛利庭園でも歩いてみよう。森ビルとテレビ朝日の社屋の傍らに広がるこの庭園は、かつて毛利氏のお屋敷だった場所。手元にある昭和30年代頃の地図を見ると、ちょうどこのあたりに池の印が描かれているから、庭園の真ん中に配された池は、昔からの池に手を加えたものかもしれない(ニッカウイスキーの工場があったことから、ニッカ池と呼ばれていた)。所々に桜などが植え込まれ、自然味は演出されているけれど、通路がコンクリート敷きなのが少々色無しである。土や砂利にして欲しいところだが、雨の日(ぬかるみ)のデメリットを考えると、こういうことになるのだろう。

毛利庭園の横を通る環状3号線の向こう岸に「ハリウッド・ビューティープラザ」のビルが見える。ここは一度訪ねてみたかった。ヒルズができる以前から、〝メイ牛山のハリウッド化粧品〟が建っていた場所だ。ひと昔前、麻布十番のほうからこの環状3号線を通って、まもなく麻布トンネルをくぐろうとするとき、トンネル脇の寂しい暗がりのなかに「メイウシヤマ　ハリウッド化粧品」と灯した、古い字体のネオン看板が見える。あの場末めいた六本木の景色が目の底に刻まれている。毛利庭園とともに、ここヒルズの地の礎、とも呼べる場所だ。リニューアルされたハリウッド化粧品は、どんな様子になっているのだろうか。

　ビューティープラザ、とあるように、全般的に女性の美を追求したテナントが収容されている。ジュエリー、コスメの店、そして3階にヘアサロンとスパを融合したスペースがある。松苗画伯のダンナのほうは、小籠包を食べた後「仕事がある」と引きあげてしまったので、僕は松苗画伯と今回から担当になったモード系の若い女性編集者を伴って、ビューティーなフロアーを歩く。こういうところを〝男1・女2〟の編成で歩くのはちょっと照れ臭い。両手に花というよりも、なんとなく、オカマになったような意識になる。

　上階のほうに、ハリウッド化粧品のオフィスと美容専門学校が収容されている。一般客向けのフロアーよりも、僕にはこちらが面白かった。オフィスの受付ロビーには、創業者メイ牛山女史とそのダンナの彫刻が飾られ、メイ氏のもとを来訪した、各国の有名スターのポートレートが展示されている。

　ビング・クロスビー、グレース・ケリー……〝ハリウッド化粧品〟と胸元に刻んだ法被を着ているスターもいる。受付にあった広報誌によると、メイ女史は齢92にして御健在のようだ。対談記事のなかで、「長生きの秘訣」について語っておられる。

　そしてもう一つ、美容学校のフロアーに入っているコンビニ（ファミリーマート）が印象的だった。

一見よくあるファミリーマートだが、店の奥に目をやったとき、おや?っと思った。女性のガン首の人形がずらっと並んでいる。間近で確認すると、これは美容学校の生徒さんたちが、ヘアデザインの教材で使う模型なのだった。髪の毛に様々なロットを巻きつけた人形が、一体3000円くらいの値で陳列されている。こういうファミマは、ちょっと他にはないだろう。

メイ牛山さんのお城、を最後に、六本木ヒルズをあとにした。帰ってきてからNHKのニュースを観ていたら、なるほど、いまはエンディングのキメの画像に、東京タワーと並んだ六本木ヒルズの夜景が使われているのだ。新旧の東京シンボル、という意図なのだろうが、そうやって外観を眺める限り、ヒルズのビルは魅力に乏しい。合金ロボの胴体だけの模型がずどんと置かれているような……横っちょで、ちょっと申し訳なさそうに灯っている東京タワーが、よりいっそう奥床しく見える。

あの武骨な模型みたいなビルのなかに、モネの絵も、おいしい小籠包もわさび帆立貝柱入りマフィン……なんかもカンヅメになっているというわけか……。あんな物体の内部に、本当に今日散策した「街」が存在していたのか……外見の姿と中身とがどうにも結びつかない。果して僕らは「六本木ヒルズ」を探訪してきたのだろうか?

第十八の穴①

六本木ヒルズ、ってナニよ？

2003年、東京新名所の主役の座を欲しいままにした
六本木ヒルズ
その名のとおり バリアフリーの時代を あざわらうかのよーに 凹凸をふんだんに 駆使したフロア
←ハードな作り デブには
狭い エスカレーター
キツイ長階段
奴隷になったよーな気分！
ローマ帝国の神殿のよーな
非日常的なショッピングゾーン
さらに言わせてもらえば ヒルズ内の案内ボードの地図がわかりにくいったら
一枚ごとに方角が変化しているので 敷地全体のレイアウトのイメージがさっぱりつかめない
ここはビックリハウスか？
頭ん中ぐーるぐる
←そしてお店の場所の呼び方も
KD-BLIO
↑KD＝けやき坂どおり
BL＝ブリッジレベル（2Fの意）
その他にも
MH＝メトロハット
HS＝ヒルズサイド
WW＝ウェストウォーク
そしてこの迷宮から逃れるようにさらに天空をめざすとそこは
海抜270Mのスカイデッキ
東京タワーに向かって対等にメンチキレる位置
おー
ちょっとカンドーの泉氏
あカラス
タダでのぼってくるな
カア
カアカア
↑何千円も払ってのぼってくる人間たちをちょっとオバカさん扱いしてるよーな？
それにつけてもここから街を見下ろせばつくづく感じる、
あくまで都心中心の再開発の
東京バビロン…
↑あら昔の歌謡曲のようなフレーズ
この先、六本木ヒルズより西は「東京」と呼ばれなくなってしまうのでは…
都庁舎があっても西の果て？ヒルズからはポツンとさみしげに見えてしまう
新宿摩天楼
もっとさみしげ？
池袋サンシャイン
さらに西下すること15分。（JRで）わが地元・西荻ってば異世界ですか〜〜

第十八の穴②

六本木ヒルズ、ってナニよ?

勝手に選ばせていただきました
六本木ヒルズ三大美味
その① 上海名物「南翔饅頭店」の
小籠包
小ぶりながらも中のスープの旨味はやっぱりダントツの味!
夕方なら並ばずに入店可能です
その② 「とらやカフェ」の
和風スイーツ
豆乳プリンの抹茶ソースやミルク葛プリン どれもツルリとさわやかな甘味
その③ 「グランドハイアット東京」内 「グリル料理 オークドア」の
大海老のカクテル
↑フツーの小海老です
さらに勝手に選ばせていただきました
六本木ヒルズ二大珍味
その① 森タワー52F 東京シティビュー内 サンセットカフェで売られてる
わさび帆立貝柱入りマフィン
なんとゆーかその、つまり この名前どおりの味 つーか わけわからめな味? しかし魚臭い 甘いマフィンて…
残った2個は編集部へお土産
ほっ
いらんですか!
どーぞどーぞ おおお
その② 森美術館MAMに展示されてる
オノ・ヨーコのリンゴ (1966)
いつのリンゴ?
リンゴ自体は時々とりかえております
だってそれがコンセプチュアル・アート
もひとつ
六本木ヒルズ不思議ショップNo.1
それはハリウッドビューティプラザ内にある某コンビニ店
店内奥の陳列棚になぜか
生首がズラリ
うわあああぁっ
ってそんなおどろくこともない
ハリウッド美容学校の生徒さん用の教材でした
こんなマネキン置いてるコンビニっておそらくここだけ!
憧れのハリウッド化粧品も手に入ります
ヒルズから少し歩いてふと振り返る
夜の六本木の路地のせせこましくひしめく住宅街から見えるのは
燦然と輝く森タワーのみ
ロコツにえらい対比でんなー
この夜の構図がそのまま今の日本の(そしてこれからの)
勝ち組負け組を象徴しちゃってるんだろ?お

その後の穴18　六本木ヒルズ

勝ち組の牙城からバベルの塔へ!?

オシャレ業界人や外国人ならともかく、普通の人々にはいまいち摑みどころのなかった街、六本木。そこに、初めてどんな人でも消費可能な巨大アイコンとして登場したのが、六本木ヒルズだった。この数年で東京に乱立した商業ビルのなかでも、間違いなくここが一番の成功例だろう。しかし思い出してみれば、その後の道程は必ずしも順風満帆ではなかった。オープン約1年後の2004年3月には、正面入口の回転ドアに男児が頭部を挟まれて死亡するという痛ましい事件。そして最近ではもちろん、ここに本社オフィスと住居を持つITバブルの寵児ホリエモンの、あまりにあっけない逮捕劇である。

そんな負の歴史に粛々と思いを馳せつつ現場を再訪したが、特に寂れた印象でもない。平日夕方の六本木ヒルズは、学生風のカップルやOLたちで相変わらずにぎわっている。特に混み合っているのは、地下鉄の駅から繋がるショッピングモールだ。ここは2005年9月に女性向けファッションブランドの多くがリニューアルされて、まとめて「エル・アヴェニュー」とか呼ばれている。まるで「駅ビル」なその佇まいを見れば、一番のお得意様が結局誰だったかよくわかる。

相変わらず複雑な配置の各エリアを散策していると、やがて家賃100万円超で話題を呼び、あのホリエモンも住む住居エリアのほうまで辿り着いた。〝六本木さくら坂〟と名づけられた並木道沿いに公園があったので、ベンチにでも座って休もうと思って近づくと、幼稚園くらいの子供を連れた親子でにぎわっている。こんなところになぜ親子連れが？と思ってよく見ると、ほとんどが外国人の親子であった。彼らは間違いなく、オフィスエリアに入っている外資系企業の社員の家族たちだろう。彼らこそまさに勝ち組のなかの勝ち組なのだが、六本木ヒルズを地元として育つ子供たちは、果たして幸せなのだろうか……。複雑な気持ちで帰路に着いた。

（編集部）

5年後も繁盛してる予想確率　80　%

第十九の穴　中華街の上海式テーマパーク

横浜大世界@横浜中華街
2004年2月

僕が日々使っている東横線の終点が、最近〝桜木町〟から〝元町・中華街〟に変わった。正確には、横浜—桜木町間が廃線になって、海側に新設された「みなとみらい線」に乗り入れる格好になったわけだが、渋谷の改札の表示板にずらっと〝元町・中華街〟の行先が並んだ様は、いまだなんとなく違和感がある。仕事を放っぽらかして、思わず中華を食いに行きたくなる。僕は沿線（日吉）の慶應高校に通っていたOBだが、この行先表示は教育上望ましくない……という気もしてくる。

ま、ともかく、今回はそんな馴染み深い東横線に乗って、中華街の新スポット「横浜大世界」を探訪しにいくことになった。数年前から走るようになった〝特急〟に乗ると、あっという間に多摩川を越えて、神奈川の領域に入る。新線に乗るのは五十近くになってもウキウキするものだが、おや？　この新しい東横線は反町の手前からずっと地下へ潜ってしまうのだ。反町のあたりの沿線に広がる、横浜の外れの丘陵風景が気に入っていただけに、これはちょっと残念である。

〝元町・中華街〟の駅も、近頃の都市の新線らしく地下深い所に位置している。エスカレーターをいくつも乗り継いで、ようやく地上の口に出てきた。実は、2月1日の開通初日に用があって中華街へ来て、ここから2駅（馬車道まで）分だけみなとみらい線に初乗りしている。当日は開通に中華街の旧正月祭りが重なって、〝往時のスペースマウンテン〟を思わせるような長い行列が生じていた。この日も平日にしては、なかなかの人出である。駅ができたあたりは、かつて中華街の場末だったところだが、いまはこの辺までミヤゲ物屋の筋が延びている。

そんな新開の路地を抜けて、天長門をくぐると、そのすぐ傍らに〈China Museum〉〈DASKA〉などと横文字を記した横浜大世界のビルが建っている。

外観は、SF調の神殿造り……とでもいおうか、ユニークなデザインだが、周囲にビルが隣接しているため、ヌッと聳《そび》えたつような佇まいに見えない……のが惜しい。「大世界」というのは、1920〜30年代、上海にあった同名の娯楽館をモデルにしたものらしい。僕はそのオリジナルの大世界は知らないが、80年代なかば、上海に初めて行ったとき、大世界の後代と思しき、「新世界」という古びた娯楽館を覗いた憶えがある。

震災前の浅草にあった十二階（凌雲閣）を思わせる〝塔型〟の建物で、木造だったか、古いコンクリート建てだったか……細かいことは忘れたが、7、8階まである各階の仄暗い通路際に京劇やサーカス、胡弓の演奏などを見せる、あやしい雰囲気の小屋が並んでいた。その後、めまぐるしい開発が進んだ上海に、あの物件がまだ残っているのかどうか定かでないが、ともかくここはそういった古《いにし》えの魔都・上海の娯楽施設をイメージしたテーマパークのようだ。

入口で¥500（大人）のチケットを買ってゲートをくぐると、エレベーターの手前で寸止めされて、ガイドさんから館内説明を聞かされる。「ではまず、最上階の8楼、時の塔からごらん下さい……」。この辺の勿体つけたアプローチは、ディズニーランドのホーンテッドマンションなんかを思わせる。

時の塔、時の回廊、と名づけられた8楼フロアーは、くねくねとした通路づたいに、往時の上海大世界のオーナーの書斎が再現され、時の女優（胡蝶など……）や富豪たちの資料が展示されている。仄暗い灯りの下、中国の民族音楽や古いジャズが流れ、上海の歴史にはうとくても、なんとなくその時代の上海にタイムトリップした気分になってもらいましょう……というオープニングである。

階段を下っていくと、7、6楼がぶち抜き式のホール（京劇や演奏会が催される）、5楼に工芸の露店があって、4、3、2楼が〈美食中心街〉と名づけられた食のフロアーになっている。

午後2時の京劇のショータイムまで、まだ小一時間余裕がある。それまでに腹ごなしをしておこう……と、4楼の一画の食卓についた。食のフロアーは、真ん中を空洞にして、ドーナツ型の回廊際に中華の店が配置されている。客はあたりに散在した席を見つけて、好みの店の窓口で料理をゲットしてきて食べる……というスタイル。

パンフ（『美食中心街案内』）を見ながら、旨そうなメニューを物色する。目をつけた「王興記」の蟹粉湯包《シエフエンタンパオ》（蟹スープ入りの肉マンにストローが刺さっている。ストローでスープをすすりながら味わうものらしい）は、人気の一品のようで〝30分待ち〟の札が出ていた。これはあきらめて、「上海老飯店」のキンモクセイ大根餅、金華ハム入り大根パイ、小籠包、それから下の3楼にある「麻辣麵荘」の担担麵を2種（スープ入りとスープ無し）、味わった。

どれも量の少ない〝小皿〟である。ここは〝点心〟系の店を集めて、複数の店からちょびちょびと飲茶感覚で中華を愉しむ……というコンセプトになっているようだ。

僕らがトライしたものは、どれもおいしかった。キンモクセイの甘酸っぱいソースをかけた大根餅……のような、珍しいメニューもけっこうある。中華街のなかの物件だから、ゆるい店を集めたのでは勝負にならないのだろう。

さて、腹が溜まったところで、上階のホールへ行って京劇を見物することにしよう。演し物は「孫悟空」。

京劇と聞いて、当初、孫悟空に三蔵法師、猪八戒、沙悟浄……と、オールキャストが出揃って、時折ドラがジャワ～ンと鳴る……派手なやつを想像していたのだが、やはり¥500の入館料ではそうはいかない。孫悟空の〝サル化粧〟を施した役者がピンで現われて、にょい棒を小道具にちょっとした曲芸を見せる。京劇というより『新春かくし芸大会』のマチャアキ……を彷彿とさせるような演目だった。孫悟空の役者は、一芸を終えた後に口をつぐんで頬をふくらませて、ニッと微笑む。その仕種が印象的だった。客いじりもしなかったし、どことなくの容相《ようそう》の雰囲気からして、おそらく原地・中国の役者さんだろう。ちなみにこのホールでは、京劇の合間に「ニコ」（二胡と書くのか?）という弦楽器の演奏が催される。

先に、5楼は〝工芸の露店〟と簡単に説明したが、ここは階段際の狭い踊り場に〝切り紙屋〟

上海…ときいて
日本人がフツーに思い浮かべるのは
「東洋の魔都」
「阿片窟」
租界のクラブで唄うジョン・ローン演じる
「ラスト・エンペラー」
そして井上陽水の名曲のフレーズ
♪しゃあんはあぁあ〜い〜
もっと年配の方は「上海帰りのリル」かな。
しかしそんな妖しげな先入観もここ横浜中華街に出来た
「横浜大世界」には関係なし
DASKA
松苗・夫
泉氏
担当A嬢
だっていきなり
まずエレベーターで8Fからご案内いたしまーす
そう、ここはヨコハマ「魔都」というより「ディ○ニーランド」のノリ
エレベーターで8Fに降りるとそこには往時の上海をしのばせるアンティーク家具や往年の美男美女スタアの古写真等、雰囲気を盛り上げ
現地からの芸人さん職人さんたちの匠のワザで楽しませてくれます。
李香蘭が花売り娘役で唄いながら出てきてくれればな〜 ちょっと…
ムリ
花文字制作中
しかしやはりこの「横浜大世界」のメインは安くて美味しい上海点心が味わえる
「上海美食中心街」
TVや雑誌でここが紹介された時かならず取り上げられてたのが
「王興記《オウコウキ》」の『蟹粉湯包』
カニスープ入りまんじゅうはやっぱり超人気らしく30分は待たないと食べられないとか
ガックリ
赤いストローでつきさしてスープを吸う
でも他にもオイシイものが
他のオススメは
『王家沙《オウカサ》』の
「両面焼きそば」と
「蒸し焼きカニまんじゅう」
どのメニューも150円から一番高くても690円までという価格がウレシイ
アツアツのさみしい若いカップルにも大満足♥
すぐ立ち直るとこがデブへの道?
かつての魔都もここヨコハマでは人にやさしいなごみの空間?

″ハンコ屋″″花文字屋″の3つの露店が並んでいる。いずれも、北京や上海の道端でよく見る露店で、3人の職人は黒いチャイナ服に身を包んでいる。間をうろうろしているもう一人の黒服の男が、彼らのマネージャーというか口利き。カタコトの日本語で客引きをしている。

僕らは″花文字″を作ってもらうことにした。休日なんかは、どの店にも客の列ができたり

するのだろうが、本日は花文字屋にしか客がついていない。並びのハンコ屋と切り紙屋は面白くなさそうな顔をしている。

花文字は、亀や鯉、竹……などの中国古来の縁起物の絵を織りこんで、人名や言葉を描いてくれる。見本の色紙に「浜崎歩」というのがあるけれど、これはたぶん、向こうの海賊盤なんかによくある「浜崎歩（あゆみ）」のことだろう。

僕はその「浜崎歩」と同じ斜め書きのパターンで「泉麻人」、松苗画伯はご本名の漢字4文字で「松苗明美」、そして担当編集者のA嬢が表題の「オヤジの穴」を注文した。ちなみに「オヤジの穴」は、花文字的に漢字のほうが気分……ということになって「親父の穴」と改められた。

王《ワン》先生という硬い黒縁のメガネをかけた職人は、MON・TUE・WED……となぜか一週間の呼び名に分割された7色の絵の具を使って、先にフェルトのついた独特のヘラのようなもので花文字を器用に描いていく。この器具の名前、口利きの男に尋ねてみたのだが、これと言った呼び名はないらしい。料金は1、2文字＝¥1000、3文字＝¥1500、4文字＝¥2000、5文字＝¥2500、といったところ。最後にドライヤーでサーッと乾かしてできあがり。仕上げにいきなりドライヤーが出てくる〝唐突な乱暴さ〟が中国っぽい。

さて、腹はある程度満たされたものの、もう少し何か味わってみたい。2楼フロアーにある

それにしても ここ数年、増えまくってる「室内型テーマパーク」
横浜エリアでは10年前に新横浜に完成した「新横浜ラーメン博物館」
ラーメン博物館が10周年か…
同じ横浜にはカレーミュージアムなんてのも
行ったねー
他にも自由ケ丘の「スイーツフォレスト」池袋の「餃子スタジアム」
「お台場一丁目商店街」
「ビーナスフォート」
「大江戸温泉物語」
「後楽園ラクーア」
としまえん「庭の湯」…
そうそう 丸ビルや六本木ヒルズもある意味テーマパークのようなもの
汐留シオサイトにもヴェネチアの街が出来るそうだし
かつて休日のお出かけといえば行く先は「デパート」や「遊園地」や「動物園」etc…
（競馬場含む）
それらはあくまで外に向かって開かれた施設、社会とつながりのある世界だった…
アハハハ
だがしかし今はコンビニやオフィスのすぐ隣に何の脈絡もなく
異世界への入口が!!
現実逃避だわ～
↑美食中心のライチソーダのんでぶったおれました。お酒だった～
さてお次はいったいどこにどんな異世界が出現するのやら
とりゃやっぱ百年前の日本そコトでどうかしらん!!
ラストサムライの時代から大正デモクラシーあたりまで
吉原遊廓とか
浅草十二階とか
旧帝国ホテル「鹿鳴館」とか再現してくれ～!!
↑金かかりすぎ

「果香」という中華スイーツの店に立ち寄ることにした。四浪漫《スウロウマン》という、日本の〝おやき〟に似たオカズ入りの焼きまんじゅう、そして鴛鴦《インヨン》茶という独特のお茶をいただく。鴛鴦茶……と、鳥の字がくっついたこの不思議な名前のお茶は、確か香港の下町で味わった憶えがある。コーヒーに中国茶をブレンドした……と説明されたが、クリームを入れたその味は〝クリープ入りのインスタントコーヒー〟によく似ている。以前、香港で聞いた謂れでは〝鴛鴦〟という字は、オシドリのような仲のいいオスメスの鳥を表わす言葉で、コーヒーと中国茶の合体をそれに重ねた……なんて話だった。

そうやって１楼まで下りてくると、ここは一面ミヤゲ物のコーナーになっている。中国茶に調味料に茶器、月餅……ＤＡＳＫＡのロゴが入ったオリジナル商品を除けば、ほとんど外の中華街で手に入る諸々だが、上階ですっかり〝ノスタルジック上海〟の旅人に仕上げられた客は、ついつい財布のヒモを緩めてしまう。ま、この辺はテーマパーク式ショップの定石だろう。

横浜大世界……中華街の土壌を活かした、なかなかよくできた娯楽施設だと思う。が、まだまだこの界隈には、こういった中華テーマの物件を設ける余地があるような気がする。たとえば、北京の下町・胡同《フートン》や香港の九竜城を再現したテーマパーク、漢方医を配した中国風の薬局や奇しいカンフーや太極拳を見せるスポット……ポスト大世界的な施設が今後さらに増えていくに違いない。

その後の穴19　横浜大世界

鉄球を飲む怪しい手品師、大喝采！

再訪するまで、ここがビジネス的に成功していると聞いても、いまいちピンと来なかった。そもそも横浜中華街って、都市と歴史が生んだ一つのテーマパークじゃないか？　それなのに、中華街の内部にもう一つテーマパークを作っても……しかし、現場は実際に盛況らしいのだ。きっと、何か秘密があるに違いない。

日曜日の昼過ぎに到着した入場口には10人以上の行列。そのすべてが親子連れとカップルである。エレベーターで8楼に着くと、せっかくディスプレイされた家具や古写真には目もくれず、ほとんど全員が食事のできる4楼まで足早に階段を下りてしまった。うまいものを食べたいなら、他の名店も中華街には山ほどあるぞと思ったが、ここなら点心をあれこれ食べ歩いても2000円くらいで満腹になる。中華街では店が多すぎてどこに入ればいいのかわからない客にとって、500円の入場料を差し引いてもここは安くて楽しいのかもしれない。「蘭蘭酒家」で買った巨大な〝皇帝餃子〟をつまみながらそんなことを思っていると、人々がにわかに上階へ移動を始めた。ああ、6楼で京劇が始まるのだな、と思って同行すると、客席はすでに満員。しかし、ステージに現われたのは京劇の化粧も衣装もない、笑顔の中年男性一人であった。演目は中国古来の伝統的手品だという。しばらく観ていたがハンカチやボールを使った基礎的な手品ばかりで、しかもいちいちタネを説明するから、どうにもテンポが悪い。もう帰ろうかと思ったそのとき、彼は「エイッ」という掛け声で、野球ボール大の鉄球をゴクリと飲み込んで見せた。見る限りなんのタネも仕掛けもない肉体的鍛錬の結果に、死ぬほど喜ぶ子供たち。大人たちはもちろん、唖然である。彼は笑顔のまま、再び鉄球を口からごろりと吐き出した。いったい、これを手品と呼んでいいのだろうか?　この胡散臭さこそが、まさか人気の秘密なのでは⁉〔しかし約3ヵ月ごとに演目・キャストは変わるらしく、2006年1月に確認したところ、もう彼はいなかった。さすがに芸が過激すぎたか……〕（編集部）

5年後も繁盛してる予想確率　60　%

第二十の穴　哀愁の復刻ディスコ

ビブロス@麻布十番／マハラジャ@六本木
2004年4月

　昨年あたりから〝往年のディスコ復活〟なんて情報をよく聞く。週末の夜に、三、四十代の中年世代がアース（W&F）あたりの曲に合わせてフュイフュイと奇声を上げて踊っている光景……などが、ニュース番組の埋草特集みたいな扱いで紹介されている。今回は、そんな〝復刻ディスコ〟の2店を探訪することになった。

　まずは、麻布十番の「ビブロス」。4月なかばのサタデーナイト（夜8時）、地下鉄麻布十番駅のA7出口で、取材陣の面々と待ち合わせる。いつものとおり、松苗画伯夫妻と今回から担当編集者になったM(それにしてもR社は人事異動が激しい)。Mはまだハタチそこそこの新人で、若い頃の尾崎豊(といっても若い頃で死んでしまったが)にちょっと似た、なかなかのハンサムボーイである。

ビブロスが麻布十番にある……とは聞いていたが、地下からそのままビブロスビルにアプローチできる、とは知らなかった。1、2階には関連のカフェやレストランがあって、テラスにはアソビ人の母親の連れと思しき子供の姿も見える。そんな、郊外のマックみたいなテラスを通り抜けて、黒服の男が佇んだ入り口から地階のディスコ・ビブロスへアプローチした。

赤坂にあった往年の元祖ビブロスの玄関とは随分違った雰囲気である。ビブロスは隣接するムゲンとともに、1968年にオープンした国産ディスコ(ティーク)の源とされる店で、僕が初めて行ったのは確か〝石油ショック〟(73年)があった高校2年生の頃……玄関口に置かれた、中世ヨーロッパの騎士みたいな甲冑《かっちゅう》が印象的だった。ビブロスは当時〝ヨーロピアン・コンチ〟系のスタイルをドレスコードにしているとかで、僕は悪友に促されて、ベルボトム型のパンツにハイヒールを履き、ウエストが絞り込まれたDOMONのベルベットジャケットを購入した憶えがある。その時代、来日したロックミュージシャン(シカゴとかGFRとか……)が必ず寄る店として有名で、彼らを追っかけてモデルのかたせ梨乃が入り浸っているとか、界隈をしきる稲川会系のヤクザが出入りしてきたときの秘密の逃げ口があるとか、いくつかの伝説が流れていた。

Mはドレスコードを考慮して、着馴れない黒スーツ（葬式のときと流用だろう）で臨んできたようだが、受付の規定には〈短パン、サンダルお断り……〉程度のことしか書かれていない。ドレスコードは往年のビブロスよりずっとゆるい、といっていいだろう。

店内のテーブル席は大方埋まっていた。ロンブーの田村亮みたいなウエイターに、一人2千円のチャージを支払って、「予約」の札が出たVIP風の席を確保する。ここは目の前にダンスフロアーが見渡せて、取材には都合がいい。壁に掲げられた大きなモニターに、ウーピー・ゴールドバーグの映画が映し出され、天井に〝レトロなお約束〟といった感じでミラーボールが一つ提がっている。流れる曲は、ドナ・サマーの「ホット・スタッフ」に始まって、70年代末から80年代前半のナンバーが主流だ。四十代くらいのサラリーマン風のグループが1組、ゆるゆるのステップを見せているが、大方はもう少し下の三十代なかばあたりの世代である。

バブル華やかなりし88年、僕は汐留の貨物駅跡地の仮設ディスコ（メガリス、といった）で1ヵ月間、責任プロデュースのような仕事をやったことがあった。キサナやナバーナで廻していたＤＪを呼んできて、ちょっと昔のアースやクール＆ザ・ギャング……なんかをかけると当時の若者にけっこうウケたものだったが、おそらくここの主客はオンタイムではなく、バブル当時にアースやドナ・サマーの〝歌謡曲的ソウル〟の味を知った世代だろう。

と、客層の分析、批評ばかりしていても面白くない。ジントニックを2杯空けて、アースの「ゲッタウェイ」が流れたところでMの肩を叩いてダンスフロアーへ出た。水色のサマージャケットを脱ぎ捨てて、上は横シマのTシャツ一丁である。この数年ジムに通ってぜい肉がとれたので、ちょっとコンシャスな肢体を見せつけて、まわりのオヤジとの差を誇示したい、という欲求もあった。

グループで決まりの振りを見せる、馴れた連中が1組ほどいたが、全般的には〝岩崎宏美ステップ〟に終始しているようなレベルである。聞き馴染んだ曲が2、3曲と続き、踊るうちに往年の自分の「型《カタ》」が甦ってきた。やがて、フィラデルフィアソウルの名曲、ブルー・マジックの「サイドショウ」が流れ、チークタイムに入った。2、3組のカップルがフロアーに残って、四つに組んで踊っている。

昔、こういうチークタイムの入りを読んで、その直前に女の子に声を掛けて相手を見つけた……ことを想い出す。甘酸っぱい余韻を残しつつ、ビブロスを出て次の店へと向かった。

もう一軒の「マハラジャ」は、かつてはここ麻布十番にあったが、現在の復刻版は六本木にあるらしい。歩いてもいいが、せっかく入ったダンスモードが冷めそうなのでタクシーを拾うと、途中、鳥居坂上の交差点を通りがかった。ロアビルと向かい合った角の雑居ビルは、かつて一階に「パンツショップ・ハーフ」というおしゃれなジーパン屋があって、その4、5階かに「ボッカチオ」というディスコがあった。

ま、いまでいう〈クラブ〉に近い小体のつくりで、高校生の時代、学ラン姿で踊った懐かしい店である。いまも根強いダンス曲として残るドゥービーの「ロングトレイン・ランニン」が、オンタイムでよくかかった店だった……。なんて昔話を隣のMに語ると、「生まれてませんでした」と、キャバクラ嬢みたいなリアクションが返ってきた。

マハラジャは往時のディスコ集合ビル・六本木スクエアの斜向いに建つ雑居ビル5階に入っていた。チェーン系の居酒屋が入ったビルだが、ここは僕の大学時代も「鬼太鼓《おんでこ》」という居酒屋や「サハラ」という歌舞伎町ノリのディスコ（店員が歌謡曲の振り真似なんかを見せる）があったビルである。

原マハラジャが麻布十番にオープンしたのは84年のことで、僕はもうその頃ディスコからは遠ざかっていた。が、少し経って、物見遊山気分で2、3度訪ねたことはある。店内には当時と同じようにミリタリー調の制服を着たウエイターが配置されているが、彼らの着こなしは、無理にコスプレさせられてます……って気配でぎこちない。こちらには、奥に伝統の〝扉つきのVIPルーム〟が設けられ、僕らが導かれた席のすぐ横には〝御立ち台〟らしき物件が築かれている。

客層は先のビブロスよりも相対的に若く、二十代くらいの若い女も目につくが、あやしいお

ここのところ続々と復活しているらしいディスコティーク
「びぶろす」? まはらじゃ?
きさなどうー?
すんません はて
華やかなミラーボールとはまったく縁のない人生を送ってしまったオバサン漫画家47才 →
私と同世代でありながらも環8の内と外で育った者の違いか、「びぶろす」にもなじんでらした泉氏 →
子育ても一段落、第二の青春を楽しむために我が娘とつれだってそんな復活ディスコに押し寄せているというマダム達
しかし!!
拝見できたら面白いかも?
どこにいるんだ美人母娘
中年男性が若い娘さんを連れてきてるよーなカップルばっかり
あと男同士で踊り競ってるあずさ2号なオジサン2人とか
チークタイムではお約束のメリージェーン
ひとしきり盛り上がったところでオーナーさんが登場
ジャケットは派手だけど人の良さげなオジサマ
ちなみにこの夜の「びぶろす」は"一夜限りのきさなどう〜ないと"でした。
このご時勢に若者これだけやとっててエライ
そう一番気になったのはお店で働いてらっしゃるちょっと見ホストのよーなカッコイイお兄さん達の一団——。
これらの若者達に働く場を与えるためにも裕福な中高年層にはどしどし遊びにお金をつかってもらわなくては!!
おなかも出ないしねー
おそいよ→

っさんも一人、二人いる。テレクラで捕まえてきたような、どーってことない身なりの娘をひきつれて出鱈目に踊ってるポロシャツ姿のオヤジ、それからフロアー際のミラー張りの支柱の前でしばしヘアスタイルを気にしている髪の薄いメガネ男。そんなバラバラな客層と、象の彫刻なんかが飾られた内装は、どことなく旅先でふらっと入った東南アジアの観光都市のディスコを彷彿とさせる。

なんていったことを、僕は傍らの御立ち台を机代わりにして取材ノートに書きつけた。

70年代末のナイル・ロジャース以降のサウンド……とでもいおうか、シックやシェリル・リン、ダン・ハートマン、コン・ファンク・シャン……といったあたりがこちらでも本筋のようだが、それらに混じって80年代後半のユーロビートが入ってくるあたりがマハラジャらしい。この日一番客が盛りあがっていたのは「チューチュー・トレイン」（たぶん最近のエグザイル版）であった。

曲筋がユーロ系になる頃、傍らの御立ち台にギャルが一人、そしてもう一人上がった。俺の机に土足で上がりやがって、失礼な奴め！　机は奪われたものの、ぷぅんとフレグランスな香りが漂ってきて、瞬間エロな意識がもたげた。尤も、かぶりつきの位置にいる彼女たちは、さすがに往年のボディコン・ミニスカではなく、パンツ姿なのが残念である。復刻ディスコは、その辺こそドレスコードに定めて欲しい（御立ち台はミニスカのみ）ものだ。

と、ちょっとフジ三太郎のベタなオヤジの視線で、ちらちらと踊るギャルの肢体を眺めつつジントニックをあおる。ちなみに、ここのジントニックはビブロスのよりウスい。

さて、こちらでも〝ゲレンデでひと滑り〟してこようか……。マイケル・フォーチュナティ

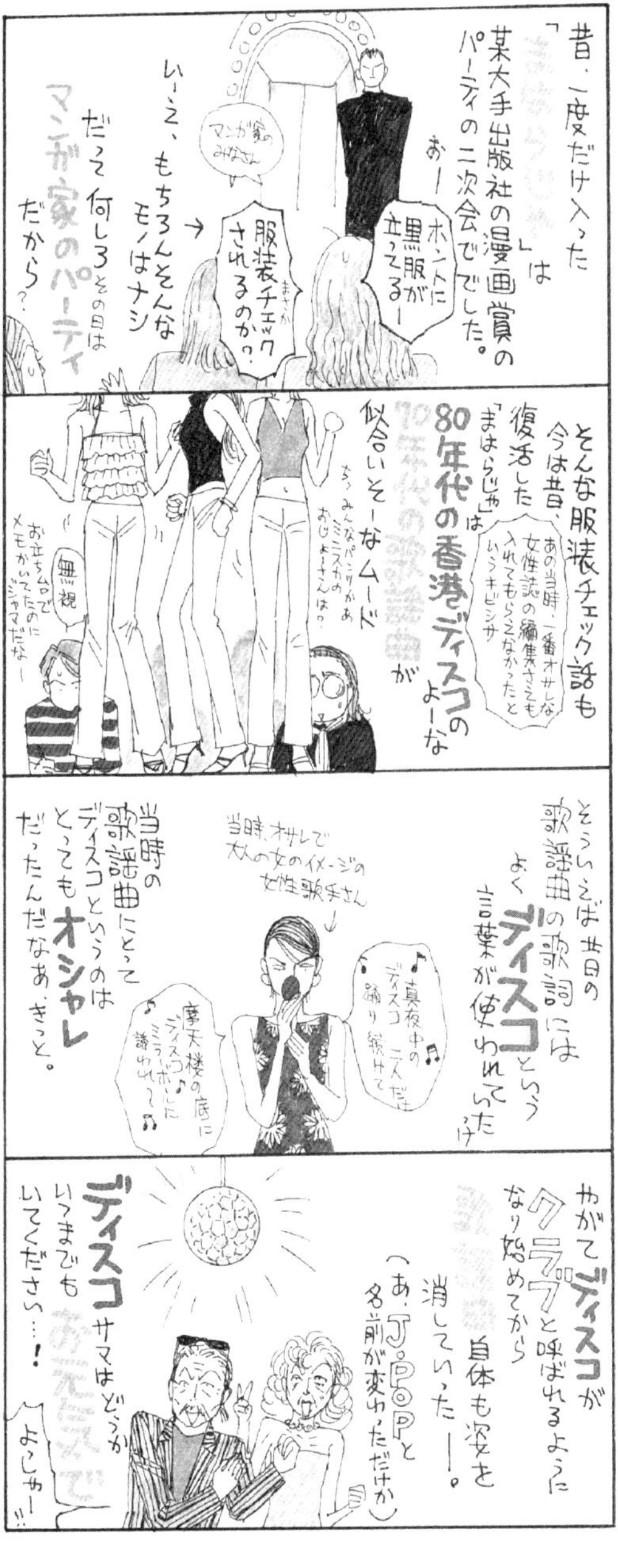

昔、一度だけ入った
「　」は
某大手出版社の漫画賞の
パーティの二次会ででした。
おー！
ホントに黒服が立ってるー
マンガ家のみなさん
まさか服装チェックされるのか？
→
いーえ、もちろんそんなモノはナシ
だって何しろその日は
マンガ家のパーティ
だから？
そんな服装チェック話も
今は昔、
復活した
「まはらじゃ」は
あの当時、一番オサレな女性誌の編集さえも入れてもらえなかったというキビシサ
80年代の香港ディスコのよーな
が
似合いそーなムード
ちっ みんなパンツかあ ミニスカのおじょーさんは？
無視
お立ち台でメモかいてたのにジャマだなー
そういえば昔の
歌謡曲の歌詞には
よく
ディスコという
言葉が使われてらったけ
当時、オサレで大人の女のイメージの女性歌手さん
♪真夜中のディスコ 二人だけ踊り続けて♪
♪摩天楼の底にディスコ♪ ミラーボールに誘われて♪
当時の
歌謡曲にとって
ディスコというのは
とってもオシャレ
だったんだなあ、きっと。
やがてディスコが
クラブと呼ばれるように
なり始めてから
自体も姿を
消していった――。
（あ、J・POPと
名前が変わっただけか）
ディスコサマはどうか
いつまでも
いてくださぁ…！
よろしゅー!!

ーの「イントゥ・ザ・ナイト」が流れたところで、またMの肩を叩いてダンスフロアーへ出た。バブル最高潮を思わせる、スカスカアママのユーロビート・ポップスである。この曲は確か、往時のマハラジャのタレント店長・成田ナンタラ……という男が、自ら日本語版の曲を歌っていたはずだ。曲はユーロビートからテクノハウス（ま、違いはよくわかんないが）のような流れになってきて、フロアー周囲の御立ち台に配置したギャルどもの振りは、完全に「パラパラ」になっている。なるほど、ここには以前に行った神楽坂ツインスターのパラパラ世代も流入してきているのだ。そんな若いギャルのたもとで、旧JJ系のメイクを施した熟女が二人、申し訳なさそうに身体をゆらしている。熟女といっても、おそらく僕よりは10かそこら下の世代だろう。土曜の夜、そろそろ手が離れた子供を置いて、女子大時代の親友と遊びに来た……といったところか。向かい合ったとき、ふと声を掛けてみたくなったが、「どこから来たの？」なんて陳腐な言葉しか浮かばず、やめた。その年代の女性に「どこから来たの？」もないだろう。ビー・ジーズの「ステイン・アライブ」が流れるなか、店を出た。帰り際、あのメガネのオヤジは相変わらず一人で支柱とにらめっこをしながら、覚束ないステップを踏んでいた。彼はどんな人生を送ってきたのだろう。「ステイン・アライブ」がハヤッていた若い頃は、フロアーの中央でジョン・トラボルタの振りを披露していた〝ディスコ・キング〟だったのかもしれない。

その後の穴20　復刻ディスコ

2軒ともリニューアル！ 変わったのは……!?

ディスコの復刻ブームも一段落したようで、新規オープンの話はめっきり聞かなくなった。まだまだ踊り足りない男女（ただし30代後半以降）の人数とハコの供給がだいたい一致した結果なのかと思っていたが、どうやらそうでもないらしい。期待したほど客足が延びなかったせいか、連載時に訪れた２軒が両方とも店名を変えてリニューアルしていたからだ。

とある週末のサタデーナイト、今回は「マハラジャ」（2005年５月に、かつて青山にあった系列店「キング＆クイーン」名義に変わっている）から行ってみた。雰囲気がどれくらい変わったか期待していたが、内装はほとんど変化なし。店名は変えたが、改装費までは余裕がなかったのかもしれない。ただ、それにしては雰囲気が違うと思って見回すと、例のミリタリー調制服を着たウエイターがどこにもいない。みんなちょっとホストっぽいスーツ姿。ディスコ全盛時代のギャルはカッコイイ黒服目当てに通っていたわけだから、その原理で言えばさすがに昔のままでは通用しなかったのだろう。その作戦が功を奏してか、ダンスフロアは前回来たときの倍くらいの人でにぎわっていた。選曲と客層は以前と同じで、生え際の薄くなった会社員が「セプテンバー」に大興奮して身を揺らしていた。

しばらく踊って麻布十番の「ビブロス」（2004年４月に店名を「ビブロス」から、老舗の有名ディスコ「キサナドゥー」に変更した）に移動。いざ店内に入ると、あまりの混雑ぶりに度肝を抜かれた。以前訪れた際はせいぜい20人くらいだったダンスフロアに、少なく見積もっても100人以上いる。そのほとんどがやはり30代後半以降の男女である。列を作って揃ったフリで踊る人波を縫って店内を観察したが、特に何かが変わった様子はない。バーテンに話を聞くと、どうやら「ビブロス」の３周年記念イベントの最終日に当たったらしい。とすれば半分くらいは招待客なのかも……。若者の集まるハコに対抗するには、今後もきっと厳しい闘いが続くのだろう。またすぐリニューアルしないといいけど。　（編集部）

５年後も繁盛してる予想確率　**45**　％

第二十一の穴　ハッスルで行こう！

ハッスル4＠横浜アリーナ
2004年7月

近頃、ハヤッているのか、スベッているのか、もう一つよくわからないフレーズ（アクション込み）に「ハッスル」というのがある。プロレスの小川直也が率先して宣伝しているネタで、両手を腰の脇に据えて「ハッスル、ハッスル」と唱えながら中腰姿勢で身体を前後に揺する……といったものだ。僕がコレらしきもんを初見したのは確か初夏の頃、ナイター中継でベンチにいた巨人の清原が、ホームランを打った阿部だったか……を迎えるときにこのアクションをやっていたはずだが、当時は往年のドリフネタか何か……と思っていた。

さて、ここまで書いてきたところで多くの中年読者はお気づきだろうが、ハッスルという言葉自体は無論〝新しい流行語〟ではない。48になる僕の子供時代に一世を風靡したフレーズの一つだった。いくつかの資料が手元にあるが、なかで最も信憑性が高そうな小林信彦氏『現代〈死語〉ノート』(岩波新書)には、〈1963年の流行語〉として、こう解説されている。

「この年の春、アメリカでキャンプをおこなった阪神タイガースが持ち帰った言葉という説もある。ぼくは前年に封切られたポール・ニューマン主演の映画『ハスラー』から出たものとばかり思っていた。ハスラーとは〈かなり手荒いやり手〉の意味で、ポール・ニューマンはプロの撞球師を演じていた。この言葉は〈張り切る〉〈大いに乗る〉〈がんばる〉の意味で大いに流行した。『ハッスルしてるな、あいつ』という使い方で、植木等は映画『クレージー作戦・くたばれ!無責任』の中で、ハッスル・コーラの社員として登場し、『ハッスル・ホイ』という歌をうたった……」

その3、4年後には『ハッスルパンチ』なんてアニメもあったが、70年代に入る頃には〝恥ずかしいフレーズ〟になっていた印象がある。ところが僕が高校生になった70年代なかば、ディスコで「ハッスル」(ヴァン・マッコイ)というダンスナンバーが大ヒットする。浅野ゆう子も関連の曲(「恋のハッスル・ジェット」)を唄っていたが、曲や踊りはともかく、「ハッスル」

という言葉自体は、もはやお笑いテイストが漂うものとなっていた。

現在三十代なかばの小川が、植木等の時代の「ハッスル」を知るはずはない。但し、なんとなく〝死語っぽい〟〝お茶目なムード〟などは理解していて、今回のリメイク（ってほどでもないか？）に踏み切った、というところだろう。

と、前置きが長くなったが、そんな小川式ハッスルの現場を見物しに行くことになった。7月25日、横浜アリーナにおいて「ハッスル4」なる興行が開催された。この連載では以前にも一度、K-1の興行を取材しに行ったけれど、僕は決して格闘技通というわけではない。マッチの内容よりも、彼らのいう「ハッスル」のナンたるか……を見きわめるのが、今回の第一の目的である。

炎暑の昼下がり、無機的な高層ビルが建ち並ぶ新横浜の市街を歩いて「横浜アリーナ」前まで行くと、開場が遅れて周辺に人溜りが生じていた。もう定刻から1時間近くオシている。なかで小川がハッスルポーズのダメ出し、などを繰り返しているのだろうか。

ようやくゲートが開いてなかへ入ると、受付の先にTシャツをはじめとするハッスルグッズが数々と陳列されている。Tシャツだけで、色柄違いが50種くらいある。一つ欲しい、と思ったが、長蛇の列なのであきらめて場内へ入った。

僕らの席はリングサイドの前から7、8列目あたり。編集者のMが奮発して上級のチケットをおさえたようで、ここならかなり臨場感が味わえそうだ。しかし、マッチは一向に始まらない。さっきからモニターで延々と、〝裏方のドラマ〟のようなものを流している。このモニター映像とパンフレットの解説を読んで、ハッスル興行の背景には次のような物語が仕立てられている、ということを知った。

プロレスの復興に励む小川以下ハッスル軍団と、高田総統率いるモンスター軍団の闘い――が話の軸になっている。高田はあの高田延彦なのだが、ここではSF系アニメの悪総統をきどった大袈裟な制服姿に身を固め、サングラスをして葉巻を吹かしている。高田の脇にはアン・ジョー司令官、島田（ヤドカリ）参謀長、などの子分キャラがいて、彼らが外人ヒールレスラーを次々と繰り出して、ハッスル軍団に襲いかかる。迎えうつ小川一派のほうには、ハッスルキングの称号をもつ橋本真也、ハッスル王子・坂田亘、全日本プロレスのエース・川田利明らがいる。つまり、新格闘技「PRIDE」の象徴・高田を悪役に仕立てて、古きプロレスの魂を小川らハッスル軍が守る……というような物語になっているのだ。そしてここに、笹原GM（ゼネラルマネージャー）、野球監督姿の中村カントク、といった経営サイドの人間も〝キャラ〟として紛れこんでくる。SFアニメやRPGにアメリカのWWEのエッセンスを取り入れたプロレスオペラ――といった感じの構成といえるだろう。

レスラーは後方のステージにまず姿を現わし、各々のＢＧＭにのせて花道を歩きながら出島のようなリングに入場してくる。レオナルド・スパンキーというハンサムなレスラーは〝ディカプリオ〟のイメージなのか「タイタニックのテーマ」にのせて、スティーブ・コリノというギターを抱えて登場する男もいれば、脚立を担いで出てきた本間朋晃という破天荒なレスラーもいた。彼はダイビング・ヘッドバットを得意技としていて、脚立はそれをキメるときの重要な小道具らしい。ヘンな話だが、彼がリングで脚立に昇っているとき、山下達郎のステージをふと想い出した。タツローはヘッドバットはやらないが、マイクなしで脚立に昇って「ウォ〜オ」などと声量を誇ってみせる持ちネタがある。

対戦の合い間にモンスター軍の参謀、アン・ジョーと島田が現われて、漫才風のかけあいでハッスル軍のことをくさしたりする。だが、これがビミョーにサムい。アン・ジョー（別名で知られるレスラーらしい）という男は、昔『キイハンター』に出てきた〝カタコトの日本語を喋る謎の外人〟みたいなキャラ設定のようなのだが、そのカタコトの日本語がヘタクソなのだ。常連のファンにはけっこうウケてる様子だったが、僕はなんだか高校生の学芸会コントを見ているようで、ちょっと辛かった。

辛い幕間コントの途中で脱け出して、空いた売店でハッスルTシャツをゲット！　「ハッスル」とケバいロゴが入ったブルーのTシャツを被って、終盤の大物マッチの観戦に臨む。

ガマ大王VS橋本真也。

ガマ大王……パンフには〝大映《うつ》ししたアマゾン産のカエル〟の写真しか載っていないが、こ

プロレスを生で見るのは人生で2回め
最初に観たのは後楽園ホールの女子プロレス…ムード全然違います
イケてる横浜アリーナだし お客さんもイケてる若者多し
60才以上の方が多い女子プロレス
カンドリージャガーッ
まー正直いうと私などは女子プロレスの方がなじんでしまいますです
グッズコーナーのTシャツやタオルやパンフレットの作りもなかなかステキで
ハッスルタオル…
これを持ってお風呂屋さん行って体力増強ドリンクを飲むと似合いそう
元気のある出る色使い
ハッスル
→ハッスル！
ガチッ☆
ミッドセンチュリーなロゴのTシャツがやけに似合う泉サン
そういえば私が子供の頃はボクシングやプロレスの一番のひのき舞台といえば何といっても後楽園ホールだったっけ
あの頃夢の遊園地といえばディズニーランドではなく後楽園遊園地のことだったよーに…
ディズニーランド？
はん
日曜の夜にTVで観られるだけの遠い世界だったわよねえ
輪島功一や大場政夫のタイトルマッチやG.馬場ののったりしたプロレスとか
のそ～
→一九五〇年代生まれの日本人にとってのおそらく共通認識
だけど派手々なハッスルイベントも体を張って命を賭けて？戦う姿の力強さ美しさに違いはないハズ。
高額の席で観ただけあってレスラーさん達の体のバンソウコウばっちり
大丈夫か～ ああ その重い体でそんな派手な大ワザを
あっあ～
技のスキルは昔の10倍上がってるかも
ハッスルもプライドもK1も女子プロレスも大相撲も
すべての格闘技に栄光あれ
なんちって

いつはブッチャー風のブヨブヨの巨体に、ぬめぬめした油を塗りたくっている。以前、何かの格闘技中継で似たようなレスラーを見た憶えがあるけれど、同定する知識はない。

この対戦の見所は、本編ではなく、勝利した橋本がぶちかましたハッスル・パフォーマンスだった。「恥ずかしいキモチはあるけれど、オレもマジメにハッスルしていこうと思い○×……」と、シャイな橋本らしいしどろもどろのコメントを垂れた後、身体を竜巻状にクネクネさせて「トルネードハッスル」なる新ネタを披露してくれた。

と、書いたものの、だからナンなんだハッスルって？という疑問は残る。真底笑えるギャグ、というものでもないのだ。

オーラスのタッグマッチは、小川直也の相方が、〝ミスターX〟として明かされていなかったが、スポットライトが当たったステージに登場したのは長州力、であった。これまで奇天烈なユニホーム姿のレスラーが続いたなか、長州だけは古典的な黒パンツ一丁である。その辺を高田率いるモンスター軍は「ロートル」とくさすが、つまり彼は「クラシック・レスラーの象徴」といった役柄なのだろう。試合は、小川が長州に花をもたせる……という格好で展開して、ハッスル軍が勝利した。

となると、ここで多くの観衆が期待することは一つ、長州力のパフォーマンスである。果して長州もハッスルするのか？

なんて山場で、いきなり舞台は暗転。後方のステージに、待ってました！とばかりに高田総統が現われた。横に、ブロンドの女（モン娘。＝モンスター娘。というらしい）を従えている。

ここから、高田のちょっとしたモノローグ劇が始まった。

小川直也ひきいるハッスル軍と高田総統ひきいるモンスター軍の舌戦がくりひろげられアリーナ全体が大いに盛り上がる最中でも、
誰よりもコスプレづいてたモンスター軍の高田総統ステキ
なんと小川直也がタッグを組むナゾの超大物×氏の正体が長年の因縁相手だった長州力だとわかってアリーナ中にファンの歓声と雄叫びがひびきわたった最中でも、
今回一番のキュートな悪役ガマ大王
ちゃんとツボ持参
一万人を超える客席とステージとの楽しいやりとり盆おどりなどで会場中が異様なまでの盛り上がりを見せていた最中でも、
場内整理係のお兄さんの表情はマユひとつ動かず。
こんな意志強固なスタッフに支えられてハッスル4は大成功のうちに幕を閉じたのであります。
長州と小川の因縁？ハッスル？よくわからん世界…
実はただプロレスにうとい若者だっただけかも？

「7月最後の日曜日に横浜アリーナ、いや！　モンスターアリーナにお集まりのプロレスファンの諸君、ご機嫌はいかがかな？　私が高田モンスター軍総統・高田だ！」

これはパンフに掲載されたくだりを写したのだが、本番でもほぼこんなセリフから始まった。以下、トレードマークの葉巻を燻らせながら、小川や長州を茶化した長い一人語りが続く。間で小川が時折ツッコミ返すが、だいたい「コノヤロ」か「ザケンナ」みたいな罵言で、ステージの高田とは〝芝居のテンション〟がまるで違う。高田のほうは、小舞台に立った美輪明宏にでもなったかのように、仕種の一つ一つまで作りこんでいる。この男、もともと役者志向のヒトだったのだろう……。開場も、高田のリハで遅れたのかもしれない。結局高田は裸になってリングに上がることはなく、芝居を終えると袖に去っていった。

さて、問題の長州力はどうしたか。話は前後するが、高田の出と同時に多くの観客は、薄暗い客席の向こうへスーッと走り去っていく長州の姿を見た。そういう演出だったのだ。

「すんません、長州さん、まだ（ハッスル）ムリみたいでした。今後がんばります」

最後の小川のあいさつには思わず笑った。そして、お約束の会場一丸となってのハッスル。3《スリー》・2《ツー》・1《ワン》ハッスル、ハッスル……。

僕も素直にトライしてみたけれど、うーん、愉しいことは愉しいんだけど、どうももう一つ

「ダーッ!」のような発散感がない。ゆる〜い達成感、とでもいおうか。ま、60年代のハッスルと違って、迷いの消えないいまどきの空気を反映したハッスル、といえなくもない。また、狂気とボケを併せ持った小川のキャラにも確かに合っている。このネタ、そこまでコンセプチュアライズされたものなら、感服するしかないが……。

その後の穴21　ハッスル

低迷する日本プロレス界唯一の勝ち組に

この連載当時は「派手だけど何だかよくわからない団体」みたいな扱いだったハッスルだが、2006年現在、おそらく日本で唯一成功しており最も世間一般に認知されているプロレス団体となってしまった。業界トップの新日本プロレスが動員激減→会社を身売り→選手離脱、と悪化の一途を辿り、他の団体も……というより、もはやプロレス自体がPRIDEとK-1に負けて瀕死の状態に陥っている今、唯一勝ち上がったのがハッスルだとすら言える。その勝因はまず、本文中にもあるように、アメリカのWWEをお手本にしたキャラクター性・ストーリー性を重視したソフト作り。そして、ハッスルを広めるための、徹底した戦略性だった。2004年の「PRIDE GP」に、ハッスルの顔、小川直也が「ハッスル普及」「プロレス復興」というテーマを掲げて参戦。準決勝でエメリヤーエンコ・ヒョードルに敗れるも、大会登場の度にハッスルとハッスルポーズをアピールし、ハッスルの知名度を上げげた。そして2004年12月には、なんとインリン様（過激グラビアアイドル、インリン・オブ・ジョイトイとは別人。ということにハッスルのなかではなっている）が参戦。2005年にはこの非プロレスラー参戦路線を推し進め、11月3日の「ハッスル・マニア2005」には、当時人気絶頂だったお笑い芸人、レイザーラモンHGと狂言師・和泉元彌が参戦。参戦発表の記者会見から試合当日まで、ワイドショーやスポーツ新聞が取材に殺到、これによってハッスルの存在はお茶の間レベルにまで広がった。いまでも老舗プロレス専門誌からは「あんなものはプロレスじゃない」とディスされ続けるハッスルが、プロレス界のトップを獲ってしまったというのは何とも皮肉だが、そこまでやらないと今プロレス復興を実現するのは不可能だったとも言える。なお、2005年12月25日には、後楽園ホールのリングにて、インリン様が突然の引退宣言。今後どういう展開になるのか、ますますハッスルから目が離せない!?　（編集部）

5年後も繁盛してる予想確率　65　%

あとがき

本書にまとめた連載エッセーの初回は1999年7月、年号的には「ほんのひと頃」といった印象だが、まだ二十世紀だったのだ…と思うと、随分昔のことに感じられてくる。

ロッキング・オン社の仕事をしたのは、これが初めてなのだが、ボスの渋谷陽一氏とのつきあいはけっこう古い。僕が『TVガイド』誌の編集部に勤めていた80年代の初頭、渋谷氏に〝TV評〟のコラムを依頼したのが発端である。その後、実家が同じ下落合（東京新宿区）なんてことも知って、親近感を抱くようになった（ゆるいエピソードだが、地元の神社のお祭りでバッタリ遭遇したこともあった）。

そんな縁もあって、『SIGHT』誌の創刊にあたって、当連載を引き受けることになった。ロック世代の新中年誌……みたいな性格の雑誌でもあったので、「オヤジの穴」なんてタイトルを思いついた。実は当初、僕のプランとしては、オフィス街の場末の地下街にあるゴルフクラブやニットシャツを安売りしているような店だとか、新橋烏森口の一杯呑み屋だとか…そういった旧来のオヤジ的スポットを逆説的に物見遊山する——といった展開を考えていたのだが、渋谷氏はどうも後ろむき趣味の企画は好みじゃないようで、結局「トレンドをオヤジの視線で眺める」というセンにまとまった。80年代のなかばから約十年、僕は『週刊文春』で「ナウのしくみ」というのを連載していたが、あれをちょっと長めにした体験型エッセー、というスタイルになったわけである（無論、「ナウ」時代より僕の立ち位置はオヤジ側にある）。

各回のネタは八割方、僕が提案したもので、若い編集者の意見にノッた回もあった。担当編集者はバタバタと入れ替わったけれど、松苗あけみ画伯とマネージャー役のダンナ（難波聖司氏）とは、初回からずっとご一緒している。

連載七年目の単行本化ということで、取材対象の現況を編集者に付記してもらった。数年の間に様子が変わったもの、消えてしまったものも多い。僕自身がその後、足を運んだ場所もあるので、ここに追記しておこう。

まずは秋葉原。『電車男』がブレイクし、つくばエクスプレスが開通、ヨドバシカメラの大箱も出店して、２００３年夏の取材時とくらべて街の雰囲気は随分と変わった。去年歩いて驚いたのは、若い女性の姿がぐっと増えたということである。『電車男』の影響が大きいのだろうが、カップルの姿も目について、ひと昔前の原宿の光景をふと彷彿した。

編集者の付記にもあったが、メイド喫茶も数を増し、「お帰りなさいませ、御主人様」（入店時）「お気をつけていってらっしゃいませ」（出店時）のマニュアルが定着しているのには面喰らった。僕が入った某店のメニューには「妖精さんの萌え萌えオムライス」なるものがあって、メイド嬢がケチャップで、萌えセンスのイラストを描いてくれるのである。喫茶に加えてメイドバー、メイド姿の足裏マッサージ…といった派生物件まで増殖している。本書の取材対象のなかでは、唯一大化けしたネタ、といえるだろう。

再開発タウン…のような場所は、仕事でもない限りあまり行く気はしないほうだが、シオサイトの付記にあった「イタリア公園」ってのはちょっとそそられるものがあって、足を運んでみた。

新橋からシオサイトの界隈に入ると、取材当時はまだ空地だった、浜松町寄りの一帯までビルが林立している。首都高越しに浜離宮の森が覗く、南西端の一画にイタリア公園を見つけた。

「港区立イタリア…」と但されているあたりが余計いい。庭園風の小さな空間だが、周囲に「ピエトラサンタ市　1841年より芸術の街　気品のある街」とプレートを出した中世趣味の彫刻が飾られている。そのイタリアの小都市が寄贈した彫刻なのだろう。

浜離宮とは反対側のJR線路の向こうに、「イタリア街」らしきビルが並んでいる。新銭座ガードと掲げられた、背の低い古びたガードをくぐっていくと、右手に「イタリア街」と看板を出した大成建設の工事現場が広がっていた。あたりの町名は東新橋二丁目。昔この辺の映画会社に試写を観にきたことがあったが、隣接したブロックにはまだ当時と変わらぬ昔ながらの個人商店が残っている。ここは正確には汐留（旧貨物駅）から外れた場所だが、シオサイトの開発地区に組みこまれているようだ。

イタリア街はサナギほどに出来あがっていて、編集者がいうようにちょっとしたハウステンボスの様相を呈している。「東茶協」（日本茶の組合か？）という和風組織のビルやＪＲＡ（日本競馬会）のオフィスまでミラノセンスの建築に仕上げられているのがおかしい。一画のビルにあるイタリアンレストランに入って、白金豚ソーセージと小ぶりの白菜を使った、なかなかおいしいフェットチーネをいただいた。汐留の中心地から外れた、未完成のイタリア街……という環境が、かえってホンモノのイタリアの町外れの店にいるような錯覚を起こさせる。……ここはむしろ完璧に整備される前に訪ねたほうが面白いかもしれない。

と、めまぐるしく変わる東京の街や風物……を観察して歩く「オヤジの穴」は、いまも『ＳＩＧＨＴ』誌で連載中なので、そちらもチェックしていただければ幸いである。取材対象と同じようにめまぐるしく変わった担当編集者の名をここに列記しておく。

高橋智樹氏、内田正樹氏、古川琢也氏、有泉智子氏、松村耕太朗氏、お世話になった歴代編集者の各氏と現担当であり書籍化に尽力していただいた西本佳奈恵嬢に厚く感謝したい。そして各回の素晴らしい挿画、何より僕の姿をゲンブツよりもかなりイケテル少年キャラ、っぽく仕上げてくださったパートナーの松苗あけみ画伯に礼を述べたい。

２００６年２月　泉　麻人

初出『SIGHT』
1号（1999年）～21号（2004年）

装丁・デザイン 金英心　デザイン 小村彩子

編集 松村耕太朗 西本佳奈恵

編集協力 兵庫慎司 白波瀬真央 小野寺佐登美

オヤジの穴

2006年3月28日　第一刷発行
著　　者　泉麻人 松苗あけみ
発 行 者　渋谷陽一
発 行 所　株式会社ロッキング・オン
〒150-8569
東京都渋谷区桜丘町20-1
渋谷インフォスタワー19階
電話 03-5458-3031
印刷・製本　大日本印刷株式会社
万一乱丁・落丁のある場合は、送料小社負担でお取り替え致します。
ご面倒ですが小社書籍部宛にお送りください。

ISBN4-86052-057-2 C0095
価格はカバーに表示してあります。